キスのためらい

和泉 桂

white heart

講談社X文庫

目次

イラストレーション／あじみね朔生《さくふ》

キスのためらい

扉を開けると、螺旋階段《らせんかいだん》が見えてくる。

嫌《いや》になるくらいに冬の陽射《ひざ》しは眩《まぶ》しくて、天窓から光が降り注いでいた。

わずかばかりの日用品を詰め込んだ鞄《かばん》を手に、佐々木千冬《ささきちふゆ》は意を決して振り返った。

玄関先に立ち尽くした恋人の姿に、佐々木の心臓は棘《とげ》に刺されたような痛みを覚える。

やわらかなセピア色の瞳《ひとみ》に映る自分を確認することは、もう二度とないのかもしれない。

しかし、一度決めたことだ。

もう、あとに退《ひ》くことはできなかった。

「じゃあ」

佐々木が恐る恐る切り出したのに応《こた》え、吉野貴弘《よしのたかひろ》はようやく口を開いた。

「やっぱり送っていくよ、千冬」

「いい」

そんなに優しい声で話しかけられたら、決心が鈍ってしまう。

佐々木は軽く首を振って、吉野の瞳をじっと見つめた。

もう最後だから。

これで。

突然、喉元《のどもと》で息が詰まったように呼吸が苦しくなった。

そういえば、誰かと別れるとき、どんな言葉を告げればいいのだろう。

これまでに、こんな別れ方があるなんて、佐々木は知らなかった。

もう二度と会えなくなるという、そんな別離が。

今まで自分が味わってきたのはいつだって、望めば容易《たやす》く再会できるような一時的な別れればかりだったのだ。

じゃあ、また。

そんな軽い言葉すら言いだせない本物の別離が――この世にあるなんて。

「……行かないで」

不意に手を伸ばした吉野が、佐々木の身体《からだ》をその両腕で包み込む。

愛《いと》しい男の匂《にお》いに、佐々木はふっと息苦しさを感じた。

離れてしまう。別れてしまう。

もう二度と、絶対に、ここには帰ってこられない。

「どこにも行かないで」

優しく甘い声が、佐々木の砦《とりで》を溶かしてしまおうとしている。だけどそれに耳を貸したら、今度こそ自分はどこにも行けなくなってしまう。

佐々木は黙ったまま吉野の身体を押しのける。存外吉野の腕には力が込められておらず、彼はすぐにその手を離した。

「——さよなら」

最後の言葉にしては、あまりに気が利《き》かない。

そのままきびすを返そうとして、佐々木ははっとした。

そして、ポケットの中に入れてあったものを吉野に差し出す。

彼が虚《きょ》を衝《つ》かれたような顔をするのを見て、初めて胸がぎゅっと痛んだ。

しかし佐々木は何も言わずに、荷物を抱《かか》えて歩きだした。

ねじれた円形を描《えが》く螺旋階段《らせんかいだん》を一段一段と下りていく。そのフォルムと同じように、自分の心もねじれていると感じるのはなぜだろう。

胸に抱いた夢に向かって、自分は真《ま》っ直《す》ぐに歩いているはずなのに。

マンションのエントランスを抜け出した佐々木の身体《からだ》に、真冬の風が吹きつけてきた。

二月から一人で生きていくのだと、漠然《ばくぜん》と思った。

1

遠くで除夜の鐘《かね》が鳴っているのが、聞こえてくる。

冷蔵庫から取り出したシャンパンの栓《せん》を抜こうと準備していた吉野貴弘《よしのたかひろ》はリビングに戻り、何気なくソファを見下ろした。そこには恋人の佐々木千冬《ささきちふゆ》が気怠《けだる》げな表情で身を投げ出しており、ぼんやりとテレビの画面を見つめている。

二人きりで夕食を楽しんだあと、借りてあったビデオを見た。フランスの退屈《たいくつ》な恋愛映画は何が言いたいのかよくわからず、内容はほとんど覚えていない。

途中で飽きた二人は、ずっと、キスばかりしてじゃれ合っていたから。

何度となく交わした接吻《せっぷん》のディテールは記憶《きおく》しているのに、映画の中身はちっとも思い出せなかった。

「千冬、ラジオつけてくれる？　カウントダウン、聞けるだろうし」

かしましいテレビのカウントダウン番組を見るのが嫌《いや》で、ラジオに頼《たよ》ることにした。

「――うん」

のろのろとした仕草で佐々木はテレビのスイッチを切ると、今度はミニコンポのリモコンを手に取って、適当にチューナーを合わせた。それから、再びソファに身を沈めてしまう。

フレンチレストランで料理人としての修業《しゅぎょう》を続ける佐々木は、大晦日《おおみそか》の今日も、素晴らしいディナーを食べさせてくれたばかりだった。

ことに、金色になるまでこんがりとローストされたチキンは絶品で、赤ワインをまるまる一本空《あ》けるまで、たいして時間はかからなかった。

その疲れも残っているのだろう。

なのに、半ばまどろみながら吉野の接吻《せっぷん》に応《こた》えてくる様は可愛《かわい》くて、映画のあいだじゅうはずっとくちづけていたいという衝動を、吉野は堪《こら》えることはできなかったのだ。

ぽんっと音を立てて抜けた栓《せん》が天井に当たって、ダイニングキッチンの床に落ちた。

それを二つのグラスに慎重に注ぐと、金色の泡《あわ》がふつふつと生まれてくる。

ラジオでは、「新年まであと五分」とＤＪが騒いでいる。どうやら、見ていた時計が少し進んでいたようだ。

「ごめん、新年にはちょっと早すぎたみたい」

吉野が謝罪の言葉を告げたが、そのようなことに興味を持たない佐々木は、素っ気なく首を振った。

「べつに」

身を起こした佐々木は、面倒くさそうに背の高いシャンパングラスを受け取る。

「乾杯《かんぱい》」

微笑《ほほえ》みとともに吉野が軽くグラスを掲《かか》げると、佐々木は「何に？」と鋭い調子で訊《き》いた。

「新年に」

「まだだろ」

心なし言葉が素っ気ないのは、吉野が少し早くシャンパンを開けてしまったことに怒っているのではなくて、何度も重ねたくちづけのために、呼吸困難になりかけた苦しさが、まだ残っているせいかもしれない。

「いいでしょ？　乾杯しよう？」

「――――」

かちんと二つのグラスを合わせると、吉野はシャンパンを味わう。

もともとアルコールを飲みつけない佐々木は、微《かす》かに「苦い」と呟《つぶや》いて眉《まゆ》をひそめた。

その表情が可愛《かわい》くて、吉野は口元を綻《ほころ》ばせる。

他人に尖《とが》った印象を残していた佐々木は、吉野とつきあっているうちに、どんどん穏やかな表情を見せるようになっていた。昔は棘《とげ》のある表情ばかりを晒《さら》していたくせに、最近では照れや甘えを帯びた仕草を見せるものだから、やわらかくなった表情も手伝って、吉野ははらはらしてしまう。

今だって。

シャンパンよりもその唇《くちびる》を味わいたくなるくらいに、佐々木のその表情は色っぽい。

苦いと文句を言いつつも、喉《のど》が渇いていたのだろう。吉野より先にシャンパンを飲み干した佐々木に、もっと注ぎ足してやろうと瓶《びん》を手に取った。

「どうぞ」

「いい。自分でやる」

そう言って彼が瓶を奪い取ろうとしたので、不意に手が滑った。

「あっ」

その拍子《ひょうし》に、グラスを持つ佐々木の手にアルコールを零《こぼ》してしまう。

「ごめん、千冬……」

その手を拭《ふ》くために、佐々木がグラスと瓶をテーブルに戻す。

咄嗟《とっさ》に佐々木の手を取って、吉野はそこに唇を押し当てた。

「っ」

刹那《せつな》、まるで電気でも走ったかのようにびくんと彼が微《かす》かに身じろぎするのを感じて、吉野は思わず微笑《ほほえ》んだ。

そして、身体《からだ》を起こしてそっと佐々木にくちづける。

「んだよ、突然……」

「たぶん、今年最後のキス」

にっこりと吉野は笑う。

佐々木が反論するよりも先に、ラジオのＤＪが「A happy new year!」とがなり立てるのが聞こえてきた。

ことんとシャンパングラスをテーブルに置き、佐々木の頰《ほお》を両手でそっと包み込む。

そして、改めてもう一度キスをする。

「これが、新年最初のキス」

何も言わなくなってしまった佐々木の首筋に、吉野は唇《くちびる》を押し当てて囁《ささや》いた。

「今年最初の料理当番は、俺のほうだね？」

「な……」

ニットを引っ張って首のラインを露《あらわ》にさせ、鎖骨《さこつ》に軽く歯を立てると、佐々木は吉野の肩を軽く引《ひ》っ掻《か》く。

「だから、君を美味《おい》しく食べさせて……」

もっとも、佐々木が美味しくなかったことなんて、これまでに一度もなかったけれど。

味わうたびにいつだって舌の上でふんわりと蕩《とろ》ける、極上の食材だ。

「——馬鹿《ばか》」

「新年早々、それって色気なさすぎない……？」

表面上は可愛《かわい》げのない、けれども本当は誰よりも可愛い恋人の下肢《かし》に布越しに触れると、彼はひくりと身体《からだ》を震わせる。

「……っ」

その反応が嬉《うれ》しくて、手指でもっと淫蕩《いんとう》な形を描《えが》くと、吉野の腕の中に佐々木の身体が崩れ落ちてくる。

彼の身体を優しく抱き留め、吉野はたまらなく淫《みだ》らな声音で囁《ささや》いた。

「ねえ、千冬はどうやって料理してほしい？」

じっくりと下ごしらえから？　それとも、手早く？

吉野が悪戯《いたずら》っぽく尋《たず》ねるよりも先に、佐々木は夢中になってしがみついてきた。


「……千冬」

まどろんでいる四つ年下の恋人に覆《おお》い被《かぶ》さり、吉野はそっとその名を囁く。

名前だけだって、どんな愛の告白にも敵《かな》わない、甘い甘い睦言《むつごと》になってしまう。

とろりと蜜《みつ》のように甘ったるい発音に、佐々木はようやく目を覚ました。

「何……？」

澄《す》んだ光を宿した彼の漆黒《しっこく》の瞳《ひとみ》は、吉野の姿を認めるとふんわりと和む。

「そんなに寝ていると、目が開かなくなるよ？」

吉野は優しい声でそう囁《ささや》く。

ほんの五センチほどしか離れていない距離で吉野の顔を認識したせいなのか、佐々木はぽっと頬《ほお》を染めた。

「馬鹿《ばか》」

「だって、目が開かなくなったら千冬、困るでしょう……俺の顔が見られないから」

ベッドサイドに跪《ひざまず》き、覆《おお》い被《かぶ》さるようにして唇《くちびる》を押し当てる。

軽く触れる。

彼のささやかな吐息《といき》でさえも、自分のものにしたくて。

「……自惚《うぬぼ》れんなよ」

もうつきあい始めて一年半は経《た》つというのに、彼は相変わらず口が悪いままだ。その言葉も無愛想《ぶあいそう》な態度も、彼の恥ずかしがりな気質から来ていると、吉野は知っている。

ただ、照れているだけなのだ。

「それくらい自惚れさせてよ」

そうでないと不安になってしまうから。

大切な恋人が、どこかへ行ってしまうのではないかと。

佐々木は現在フレンチレストランで修業《しゅぎょう》を続ける料理人で、求道者にも似たストイックな気質の持ち主だ。職人肌《しょくにんはだ》のところが災いし、自分のこれと決めた道のためには、何もかもかなぐり捨ててしまうような大胆《だいたん》さも持ち合わせている。

彼は一年半ほど前に畳んだビストロである『レピシエ』を再開させるために、幼《おさな》なじみで経営者でもあった如月睦《きさらぎむつみ》と、それぞれ修業を続けている最中だった。

如月は、今はイタリアンレストランの『リストランテ高橋《たかはし》』でウェイターとして働いており、その傍《かたわ》らで専門学校にも通っている。このリストランテ高橋と、佐々木が勤務する『エリタージュ』のオーナーは、フードプロデューサーの仁科宏彦《にしなひろひこ》という男で、レピシエの閉店を進言した人物でもあった。今や彼こそが諸悪《しょあく》の根元《こんげん》であり、吉野と佐々木の仲を引《ひ》っ掻《か》き回《まわ》す最大の要因だと言ってもいい。

ともあれ、現在の佐々木は、わき目もふらずに修業に打ち込んでいる。

吉野のように恋に生きるなんて選択肢《せんたくし》を、持ち合わせていないのだ。

「俺のこと……すごく心配させたんだから」

溶けかけたチョコレートムースみたいに甘い声で囁《ささや》くと、佐々木はくすぐったそうに目を細める。笑顔《えがお》一つ見せたことのない恋人の切れ長の漆黒《しっこく》の目には、吉野の端整《たんせい》な容貌《ようぼう》が映っているのだろう。それを確認するより先にくちづけたくて、吉野は彼の唇《くちびる》を求める。

こうして降りしきる幸福な日々は、吉野にはまるでかりそめのもののようにもどかしく、儚《はかな》く見える。

愛《いと》しい恋人が傍《かたわ》らにいるのに生まれてくる、数限りない不安。

その不安の源はわかっている。

わかっていても、考えないようにしているだけだ。考えれば不幸になるだけだから。

「……どうした？」

声音に戸惑《とまど》いを滲《にじ》ませた彼の指先が、吉野の頰《ほお》に触れてくる。

「いや、なんでもないんだ」

佐々木のその仕草に、吉野は慌《あわ》てて首を振った。

何も、こんなときに佐々木を不安に陥れる理由はない。

「初詣《はつもうで》、どこに行こうか……？」

その額に唇《くちびる》を押し当てる。

罰当《ばちあ》たりかもしれないが、大晦日《おおみそか》から新年にかけてはずっと愛し合っていて、それどころではなかったのだ。おかげで、除夜の鐘《かね》がいつ終わったのかすら、定かではない。

「ん……」

「明治神宮《めいじじんぐう》とか行ってみる？　近いし、散歩のついでに」

佐々木は欠伸《あくび》を一つすると、のろのろとベッドから滑り下りる。飽きるまで抱き合った名残《なごり》はもうないけれど、二人で一緒《いっしょ》にいるということの、その充足。

「初詣《はつもうで》よりも、飯が先だろ」

「そうだね。おせち料理も、ちょっと飽きちゃった」

吉野がそう言うと、佐々木は肩を竦《すく》めた。

「何か作るから」

「うん」

なおも跪《ひざまず》いたままの吉野の傍《かたわ》らを通り過ぎると、佐々木はもう一度だけ、眠そうに欠伸をする。その様子を見ながら、彼に昨夜《ゆうべ》も無理を強《し》いたのかもしれないと、吉野は苦笑しそうになった。

相手を求める気持ちは、まるで子供のようにやむことがない。

「千冬」

廊下《ろうか》にいた佐々木を捕まえて、後ろからそっと抱き締めると、彼は首に回された吉野の腕をセーター越しにぎゅっとつねる。

「寒い」

「……ごめん」

そばにいたい。

できる限り長く、彼のそばに。

そっと吉野が手を解くと、佐々木は困ったように眉《まゆ》をひそめた。それからわずかに背伸びをし、啄《ついば》むように吉野の唇《くちびる》に触れた。

「ちょっと我慢してろ」

「だって……そんな可愛《かわい》いことをされたら、我慢なんてできなくなるよ」

吉野は甘い声で囁《ささや》き、今度は佐々木の腰をぐっと引き寄せる。

もう一度、今度は吉野のほうから佐々木の唇に触れた。

大切な恋人の唇をもっと味わいたくて、キスしていたくて、吉野は半ば性急な気分でより深いくちづけを求める。

舌を絡《から》めて吸い上げ、呼吸するのも苦しくなるくらいの、キス。

ここで呼吸困難になって死んでしまったら、洒落《しゃれ》にならないなんて思うくらいに。

ふらつく佐々木の身体《からだ》を壁に押しつけた頃には、お互いの吐息《といき》と雫《しずく》さえも絡み合い、どちらのものかさえ、その区別すらつかなくなっていた。

「――ベッドへ……自分で戻れる……？」

密《ひそ》やかに尋《たず》ねると、佐々木は苦しげに吉野の首に腕を回してくる。

それがどちらの意味に取れるのかわからず、吉野は再び接吻《せっぷん》の応酬《おうしゅう》に溺《おぼ》れることにした。

「せっかく起きたのに、無駄《むだ》になっちゃったね」

くすくすと笑いながら寝室のドアを開け、二人でベッドにもつれ込んだ。

「——愛してる」

組み敷かれたまま目を見開く佐々木に向かって、吉野はとっておきの言葉を囁《ささや》いた。

短い休暇のあいだは、二人きりで過ごすことができる。

彼のことをどこもかしこも溶かして、味わい尽くし、吉野の味も、形も、すべてを佐々木の中に刻み込みたい。そうすれば、澱《よど》む不安を消せるような気がした。

佐々木の下着とパジャマを一度に引き下ろして、その腿《もも》に唇《くちびる》を押し当てる。

「っ」

悪戯《いたずら》心《ごころ》からそこにそっと歯を立てると、彼の白い肌《はだ》に赤い痕《あと》が残る。

「千冬……可愛《かわい》い」

舌先で果実の形を確かめると、力無く投げ出されていたはずの彼の身体《からだ》がまるで弓のように撓《しな》る。

「俺だけの千冬でいて」

甘く囁いた吉野は、佐々木により快楽を与えようと、それを口に含む。

熱く息づいた部位を刺激されて、佐々木は切なげにシーツをかき混ぜた。

「ほかの誰にも、こんなところを見せないで……？」

「や…っ……」

行為を中断されたことが辛《つら》いのか、儚《はかな》い声を立てた佐々木は、やがて半ば無意識のうちに膝《ひざ》を立てる。吉野の前にすべてをさらけ出すことも厭《いと》わない恋人の淫《みだ》らな姿には、くらりとさせられる。

ひどく扇情的《せんじょうてき》な光景だった。

自分の髪の毛を引っ張る佐々木の指先の切ない力に、吉野は満足と後ろめたいほどの痛みを覚える。

「早く……」

掠《かす》れた声で促す佐々木を見て、吉野は微笑《ほほえ》む。

「ダメだよ、千冬。もっと俺を欲しがってくれなくちゃ」

もっと溺《おぼ》れさせて、蕩《とろ》けさせて、自分のものだけにしてしまいたい。

吉野のすべてを教え込んで、忘れられないように封印してしまおう。

「もっと、もっと欲しがって。俺しかいらないって……言って」

もう二度と、離れずにすむように。


——いつ、『そのこと』を切り出そうか。

食材を刻みつつ、佐々木はふっとため息をつく。

勤務している『エリタージュ』のシェフである島崎洋治《しまざきようじ》に、新しいメニューを考えてこいと言われたのだが、そのときに作る料理がまだ決まらない。

エリタージュという島崎の個性が支配する店で、どうやって佐々木の個性を打ち出すか。

それが問題だった。

今日は、これから甘鯛《あまだい》を調理するところだった。

もっとも、料理に対する集中力は途切れがちだ。

まだ身体《からだ》のあちこちが怠《だる》く、吉野に存分に愛された余韻が甘い痺《しび》れとなって残っている。

あんなに綺麗《きれい》な男が、どうしてあそこまで淫《みだ》らになれるのかがわからない。

佐々木の全身を蕩《とろ》かして、余すことなく食べようとするのだから。

なのに吉野がすると、それらの行為がちっとも下品にも下卑《げび》た様子にも見えず、最後には佐々木をクリームのように溶かして、隅々《すみずみ》まで味わい尽くす。

普段は仕事が忙しくて滅多《めった》に抱き合えないという事情もあるのだが、こうして休暇に入ると、一日の大半をベッドで過ごすことになってしまう。

新年早々、粛々《しゅくしゅく》とするどころか、二人でベッドの中で戯《たわむ》れてばかりいて、不謹慎《ふきんしん》な気がしてしまう。そうでなくとも、自分たちは普通の恋人たちよりも、そういうことばかりをしている気がして、どこか後ろめたい。

もっとも、佐々木にしてみればそういった色恋沙汰《いろこいざた》を相談できる相手もなく、いつの間にか吉野のペースに流されるのが常だった。

いつだって、吉野に抱かれると理性も何もかも吹き飛んでしまって、より大きな快楽を求めて彼にしがみつくばかりだ。

「……くそ」

恥ずかしくなってきた佐々木は、火照《ほて》る頰《ほお》を両手で包み込んでみる。

彼に気づかれぬように振り返ると、吉野は真剣な表情で新聞についていたクロスワードパズルを解いていた。

ときどき、無性に吉野が憎らしくなる。

なぜなら、彼を一時たりとも放せないという、そんな淫《みだ》らな身体《からだ》の持ち主に、佐々木を変えてしまったからだ。

だけど、そんな相手を、自分はやがて失おうというのだ。

そんなことが、本当にできるのだろうか。

「千冬、どうかした？」

不意に顔を上げた吉野が、首を曲げてこちらを見やる。思いがけず真《ま》っ直《す》ぐな視線を向けられて、佐々木はかあっと赤面した。

「……なんでもない」

吉野のまなざしが、一瞬《いっしゅん》不安げなものへと揺らぐ。しかし瞬《まばた》きのあとに、それはすぐにいつもの穏やかな色を取り戻した。

髪の毛と瞳《ひとみ》は、やわらかな色調のブラウン。彫像のように無駄《むだ》のない描線《びょうせん》を持ち、身体《からだ》のパーツの一つ一つが、嫌味《いやみ》なくらいに綺麗《きれい》だった。

彼に出会うまで、これほど綺麗な男を見たことはなかった。ブラウン管やスクリーンの中にいる幻影ではないかと思えるほどに、吉野の顔の造作《ぞうさく》は一つ一つが端整《たんせい》で、そして華《はな》やかだ。そんな彼の美貌《びぼう》を、この目に焼きつけておきたかった。

立ち上がった吉野は、キッチンに立ち尽くす佐々木に近づいてくる。それに気づいて、佐々木ははっと顔を背けた。

だけど、もう遅い。

吉野の腕が伸びてきて、佐々木をそっと包み込む。質のいい毛糸で織られたセーターの下には、しなやかに筋肉がついた、美しい腕があるはずだ。

「見惚《みと》れないで」

淡い声音でそう囁《ささや》かれて、佐々木は反射的に頬《ほお》を染める。

「……なんで」

「千冬にそんなふうに見つめられると、俺は……どうすればいいのかわからなくなる」

ことに。

彼は自惚《うぬぼ》れているだけだ。

このうえない美貌《びぼう》を持っているから、そうでなくても面食いの佐々木が困っているって

だって、本当に吉野は綺麗《きれい》なのだ。

自分の作る料理の一つ一つが、この美しい恋人のパーツになる。彼が瞬《まばた》きをするための原動力になる。そう思うと嬉《うれ》しくて、身体《からだ》も心も蕩《とろ》けそうになる。

なのに、吉野はその美貌を自分でそれと認めていながらも、容貌などどうでもいいと思っている。佐々木は常に、どうすれば吉野の美しさを損ねないか、彼を見つめながら考えているというのに。いや、考えていた、と過去形にすべきなのか。その日々ももう、終わるのだから。

「見惚《みと》れてるわけじゃ……」

自分の顔を大事にしない男に見惚れていたのが悔しくそして己の考えに打ちのめされ、佐々木は心にもないことを呟《つぶや》いてみる。

「それなら、どうしてそんな顔、するの？」

容赦《ようしゃ》のない追及に、佐々木は思わず黙り込んだ。

「どうして……？」

瞼《まぶた》に唇《くちびる》を押し当てられて、佐々木は震える指先で吉野のセーターを摑《つか》む。

本当のことなんて、言えるはずがなかった。

だから、何一つとして言えないまま、佐々木は口を噤《つぐ》む。

どうすれば吉野を傷つけずにすむのか、その方法が見つからないせいで。

口べたな自分が憎らしくて、そして情けなかった。

大切な相手を傷つけずに別れを切り出す方法が、まだ思いつかないのだ。

「……好きだから……」

消え入りそうにささやかな声で、佐々木は答えた。

不安になると、もっと欲しくなる。

これが最後だと思うと、吉野を手放したくなくなってしまう。

佐々木は彼の肩にぎゅっと爪《つめ》を立て、キスをねだる。

吉野の体温を身体《からだ》のどこかに感じるだけで、そこから溶けそうになる。知らぬ間に、とろりとした蜜《みつ》が滴《したた》り落《お》ちて、はしたないくらいに彼を求めてしまう。

「まだ足りないの……？」

「足りない」

佐々木はいつになくはっきりとそう答えた。

吉野のことを貪《むさぼ》って、貪られて、その記憶《きおく》をよすがとするためには。

足りないのだ。

「千冬、どうしたの？」

不安そうな表情で、吉野は佐々木の顔を覗《のぞ》き込《こ》んできた。

「何考えてる？」

「……あんたのこと」

今にも爆発しそうな恐怖が、佐々木の身体《からだ》と心を駆り立てている。

せわしなく呼吸を繰り返し、佐々木は吉野の胸に顔を埋《うず》めた。

それから、手元も見ずに、吉野のジーンズに手をかける。

ファスナーを下ろそうとするのに、指が震えてしまって上手《うま》くいかなかった。

「そんな可愛《かわい》い仕草で、俺のこと誘わないで」

吉野は優しく囁《ささや》いて、佐々木の耳をきゅっと噛《か》む。

「っ」

耐えきれずに声が漏《も》れて、佐々木はたまらなくなって吉野の身体に縋《すが》りついた。

こんなに甘く虐《いじ》められたら、すべて忘れそうになる。

忘れてしまいたいのは、自分のほうなのだろうか。

「今日のメニュー、何？」

愛撫《あいぶ》の合間に、吉野がそう尋《たず》ねてくる。

「ポワレ……甘鯛《あまだい》の……」

吉野はその答えを聞いて、くすっと喉《のど》を鳴らしておかしそうに笑った。

「んだよ……」

「ポワレって、千冬にぴったりの料理だから」

ポワレとは、フレンチの基本的な料理法の一つだ。

素材の両側を強火でぱりっと焼き、内側にはその素材のジュ（汁）をしっかりと閉じ込めて仕上げる。

どうしてその調理法が、今関係あるのだろう？

その佐々木の疑問を見透かしたように、吉野は低い声で囁《ささや》いた。

「外側は素っ気ないくらいにぱりっとしてるのに、内側はしっとりとして……美味《おい》しいジュを閉じ込めてるんでしょう？」

「……あ…っ」

料理に比喩《ひゆ》された、あまりにも卑猥《ひわい》な言葉。

脳裏《のうり》にそのイメージを描《えが》くと、佐々木はたまらない気分になってきた。

「想像した？」

布の上から彼の手で軽くそこに触れられただけで、短い声が漏《も》れる。

「やだ、……」

恥ずかしかった。

「何が嫌《いや》なの？　こんなになってるのに」

指先で引《ひ》っ掻《か》かれてつつかれたら、もう我慢できずに濡《ぬ》れてきてしまうから。

「千冬の中は、いつもしっとりして……美味《おい》しいんだよ？」

快楽を待ちわびて、身体《からだ》はもう濡れた反応を示している。

溢《あふ》れた樹液でべとべとになった、あまりにも淫《みだ》らな自分を見られるのが、怖《こわ》い。

だけど、その戸惑《とまど》いとは裏腹に、すべて暴き立てて、隅々《すみずみ》まで味わってほしいと願う。

相反する感情に引き裂かれそうな心と身体のおかげで、今日の佐々木は必要以上に過敏《かびん》になっているようだ。

佐々木はテーブルにもたれかかって、そこに体重を預けた。

恥じらったようにきつく目を閉じる佐々木の前に、吉野はゆったりと跪《ひざまず》く。

そして、佐々木の下肢《かし》を暴き、恭《うやうや》しくそこにくちづけた。

「んん…っ…」

まるで待ちわびていたみたいに、こんな声をあげてしまう自分が恥ずかしい。

しかし、吉野の指も舌先も卑猥《ひわい》で、佐々木をもっと追い詰めていく。

声を出すのが怖くて、佐々木は自分の右腕で口元を覆《おお》う。

ぎゅっと拳《こぶし》を握って、とろとろと溢れ出しそうになる快楽をやり過ごそうと試みた。

「もっと声を聞かせて、千冬」

だけど、そんなことを言われると、身体《からだ》は勝手に言うことを聞いてしまう。

「よせ……って……」

両手を後ろに突き、テーブルで自分を支えながら、佐々木の身体は蕾《つぼみ》のようにしだいに綻《ほころ》んでいく。

吉野が欲しくて、頭がおかしくなりそうだ。

ポワレでもロティールでもグリルでも、この際どうでもいい。

早く一つになりたい。彼の熱で、身も心も溶けてしまうほど灼《や》かれたい。

灯《あかり》を点《つ》けたままのキッチンで、セーターだけを身につけた自分の姿は、どれほど淫猥《いんわい》に見えるのだろう。

快楽に緩《ゆる》んで崩落しかけた脳で、佐々木はそんなことを考えていた。


二人きりの休暇は、いつも以上に甘い。

ベッドとバスルーム、そしてキッチンを往復するだけで精一杯で、吉野は徹底的に恋人を味わうことに決めていた。

そろそろ買い置きの食材が尽きてしまうかもしれない。

もっとも、さすがに今夜ばかりは疲れてしまって、その体力も残っていない。

慎み深く臆病《おくびょう》な佐々木もいいけれど、我を忘れて大胆《だいたん》に吉野を求める彼も可愛《かわい》らしい。何より、彼をこんなふうに美味《おい》しく料理することができるのは、吉野しかいないのだと自信も深まっていく。

はじめの頃は、佐々木は抱き合うことの意味さえ知らないようだった。顔には出さないけれど行為そのものに怯《おび》えていたし、吉野を迎え入れると泣きそうな顔をして、実際に何度も泣かせてしまったほどだ。

「千冬……」

ドライヤーで乾かしてやったのだが、ところどころ乾ききっていないその髪を摑《つか》んで、吉野は唇《くちびる》を寄せる。

取り替えたばかりのシーツはぱりっと糊《のり》が利《き》いており、快適だった。

この腕の中に、いとおしい人がいる。

大切な相手を抱き締めている。

愛《いと》しさは終わることがない。

消えることがなく、ただ募っていくばかり。

まるで恋を知った子供のように佐々木を欲しがってしまうのは、不安だからだ。

快楽や愛情でその身体《からだ》と心を溶かしてしまっても、佐々木の中にある夢までは奪えない。だから、時折たまらなく怖《こわ》くなる。

いつか、彼はいなくなってしまうのではないか。

自分は大切な人を失《な》くしてしまうのではないかと。

すべては、吉野が佐々木の部屋で見つけた住宅情報誌が発端だった。

しかも、佐々木はまだ、あの雑誌を捨てていない。吉野の目の前で捨てるくらいのパフォーマンスを見せてくれれば、もっと安心できるのに。

それができない佐々木の純粋さが、吉野の心には痛い。

できないのは、使う必要があるからだ。彼はまだ、この部屋から出ていこうという気持ちを翻《ひるがえ》してはいないのだ。

それをわかっているからこそ、半ばむきになって佐々木を求めてしまうのかもしれない。

愛情と快楽に溺《おぼ》れさせれば、彼が出ていかずにすむような気がして。

だが、そうして「行かない」と言わせても仕方ないのだと、吉野自身がもっともよく知っていた。

その証拠に、自分は彼の言葉を信用しきれないのだ。

ふと睫毛《まつげ》を震わせて、佐々木がゆるゆると目を開ける。

「……どうした？」

「なんでもない」

幸福と裏腹の地点にある、不可解な恐怖。ささやかな痛み。

不安なんて、生まれてくるはずがない。

そう思い込もうとしているのに、己の心の一点から生まれてくる決して晴れることのない闇《やみ》に、そのまま飲み込まれていきそうだ。


ぱたんと寝返りを打つと、安らかな表情で眠る吉野の顔が間近にあった。

すでに見慣れたはずなのに、月明かりを頼《たよ》りにその美貌《びぼう》を見つめると、胸が苦しくなる。

残された日数を指を折って数えると、本当に話を切り出せるのかと憂鬱《ゆううつ》になってきた。

一週間の休みのうち、残されているのはあと二日。

せめて休みのあいだにその話を切り出して、なんとか結論をつけたいのに。

……言えるはずがない。どうして口に出せるというのだ。

吉野と別れて、一人きりになって自分の夢を見つめ直したい——なんて。

そんな残酷《ざんこく》なことを、今の吉野に言ってのける自信がなかった。

不用意な発言から、彼を傷つけてしまったのは、ほんの少し前の出来事だ。

言葉を尽くすこともなく、吉野は身体《からだ》で佐々木のことを繋《つな》ぎ留《と》めようとした。

その事実が、たとえようもなく苦しかった。

彼は知っているのだ。気づいているのだ。

理屈《りくつ》や言葉では、佐々木の決意を溶かすことなどできないのだということに。

だから、吉野はもっともプリミティブで直截《ちょくせつ》な方法を選んだ。佐々木をどれほど必要としているかを、そして、佐々木がどれほど吉野を愛しているかを確認させたのだ。

そっと指を伸ばして、吉野の頰《ほお》に触れる。

「愛してる……」

羽音のようにそっと囁《ささや》いても、吉野は目を覚まさなかった。

愛してる。

そんな言葉を他人に言える日が来るとは、自分でも思わなかった。

それくらいに、吉野が愛《いと》しい。大切だと思っている。

だからこそ、その愛情を失うことが怖《こわ》い。

けれども、ここ一年ほどのあいだに、佐々木は現実というものを知りすぎてしまった。

自分の夢がどれほど不確かなものであるかも。

だからこそ、佐々木はこの部屋を出ていくことを決めたのだ。

無論、ただ出ていくだけでは、何も状況は変わらない。

それは今の関係を解消するということを意味していた。

佐々木はただの料理人だから、『恋人』なんていてはならない。甘える場所が残されていてはいけないのだ。

それゆえに一度は別れたいと告げたはずなのに、苦しげな吉野を見ていられなくなって、佐々木は自分自身の気持ちを誤魔化《ごまか》してしまった。

本当は、この決意は一つとして変わっていない。

それどころか、焦《あせ》りばかりが募る。

このままではきっと離れられなくなる。吉野と別れられなくなってしまう。

あと少しだけ、もうほんの少しだけなんていう言い訳は通用しないとわかっている。

己の行く道を、選ばねばならないのだ。

そして自分は、もう決めてしまった。あとには退《ひ》けない。

この短い休暇が終わるまでは、吉野のそばにいるつもりだった。しかし、休暇が終わって不動産屋の営業が始まる頃から、佐々木は部屋探しを始める腹を決めていた。

ここから出ていくために。

今の吉野に、自分の決意を理解させる自信がない。

だからこそ、先に部屋を決めて、どれほど固い気持ちがあるのかを示したかった。

もちろん、離れてしまうのは、怖《こわ》い。別れてしまったあとの自分の姿を思い浮かべることが、まるでできない。

それでも自分は、吉野を置き去りにしようとしている。

温かくも居心地がよかった、この繭《まゆ》のような不毛な場所に。

たとえば、彼と離れたら自分はどうするのだろう。

吉野の力強い腕に抱かれなくなる。このキスさえも忘れてしまう。

だけど、たとえ一緒《いっしょ》にいられたところで、この恋が永遠に続くとは限らないじゃないか。

そんな当たり前の事実に辿《たど》り着《つ》いた刹那《せつな》、背筋が凍りついた。

「………」

油ぎれの心臓が、ずきずきと痛くなってくる。

終わらないものなど、何一つありはしない。

いつか吉野は、自分のことなど好きでなくなってしまうかもしれない。

吉野にとって自分が必要でなくなる日が、突然やってくるかもしれないのだ。

不穏な想像に、彼の髪を弄《もてあそ》んでいた佐々木の指に、きゅっと力が籠《こ》もった。次の瞬間には はっとしたが、遅かった。

危惧《きぐ》したとおり、ゆるゆると吉野が目を開けた。

「千冬？　どうしたの……？」

「なんでも、ない」

手を伸ばして、吉野の胸に顔を埋《うず》めようとする。それを彼は片手で制した。

「なんでもない？　ホントは、いやらしいこと考えてたでしょう」

「……なんでだよっ」

自分の決意を見透かされていたのではないという安堵《あんど》と、そして、すぐにそうやって自分をからかう吉野への小さな棘《とげ》。

「千冬、そういうとき……目がね、すごく……」

潤《うる》んでいるんだよ。

「嘘《うそ》つくなよ」

窓から差し込むこの月明かりでは、互いの顔の輪郭《りんかく》程度を描《えが》くことしかできない。馬鹿《ばか》げた冗談《じょうだん》を言う吉野を、佐々木は身を起こして軽く叩《たた》こうとした。その腕を、彼が摑《つか》む。そして、そのままちょっと顔を上げて、佐々木の唇《くちびる》を啄《ついば》んだ。

この接吻《せっぷん》には、いったいどんな成分が配合されているのだろう？

いつも、その甘いくちづけを味わうだけで、佐々木の身体《からだ》はぐずぐずと熱を帯びていく。軽いくちづけばかりを贈られたって、もどかしいだけだ。

焦《じ》れた佐々木はキスの合間に吉野の肩を摑み、ベッドに押しつける。そして、半ば無意識のうちに彼に跨《またが》った。

どうしようもないいとおしさが募ってきて、胸が苦しくなる。

こんなに苦しいのは、もう迷えないからだ。

料理のことも、吉野のことも。

「あ……」

その瞬間《しゅんかん》は、突然やってきた。

まるで天啓《てんけい》のように、佐々木の脳裏《のうり》に答えが閃《ひらめ》いたのだ。

——そうだ。

やっとわかった。

島崎シェフに、何を食べさせればいいのか。

自分の答えを、どうやって示せばいいのか。

絶望的なまでにはっきりとした答えを。

「千冬……？」

狼狽《ろうばい》した吉野の声にはっとし、佐々木は薄闇《うすやみ》の中で彼を見下ろした。

「どうしたの？」

闇の中でも、光をたたえた彼の瞳《ひとみ》がよく見えた。

「……したい」

キスの合間に、覆《おお》い被《かぶ》さるようにして、吉野の耳元に囁《ささや》く。

「したい、って」

そして、吉野が驚いたように身を竦《すく》めたのに気づき、ようやく説明を加えた。

「違う……してほしいんだ……」

天から注がれたその答えを確かめる前に、吉野と存分に愛し合いたい。

考えるのは、あとからでかまわないはずだ。

佐々木は彼のパジャマに手をかけた。ボタンの一つ一つを外そうと、濃いブルーのプラスチックに指を添える。

「今日は、ものすごく積極的じゃない？」

ベッドに横たわったまま佐々木の腕を摑《つか》み、吉野はその指先にくちづける。

「あんたが、変なこと言うから……」

吉野に責任転嫁《せきにんてんか》すると、佐々木は曖昧《あいまい》に言葉を濁《にご》した。

「好きに料理しろよ」

繫《つな》がっていたい、なんて。

そんなあからさまな欲望を見抜かれてしまっただろうか。

けれども、心中から迷いが消えてしまえば、あとは離れていくだけだ。

だから、せめて今だけでも、吉野に繫ぎ留められていたかった。

2

「千冬《ちふゆ》、なんだか今日、出かけるの早くない？」

家を出ようと支度をしていた佐々木《ささき》を見て、吉野《よしの》は明らかに不審《ふしん》そうな表情を浮かべる。ともに仕事始めを迎えたのはいいが、佐々木はたいてい、吉野よりあとに出勤するからだ。

一瞬《いっしゅん》、見抜かれた気がしてどきりとする。

しかし、ここでぼろを出すわけにもいかず、佐々木は疑われぬ程度のタイミングで口を開いた。

「初日だし……試作、するから」

生まれつき無口な佐々木の説明は簡素で、無駄《むだ》というものがまったくない。

それを聞いて吉野は、やっと得心したような表情になった。

料理の試作をするというのは本当だったが、それは夜の話だ。本当は、それよりももう少し早めに出かけて、不動産屋をチェックするつもりだった。

「そう……か。そうだよね」

濃いグリーンのマフラーを持った吉野は、それをふんわりと佐々木の首にかけてくれる。寒くないようにきゅっと結ぶと、嬉《うれ》しそうに笑った。

セピア色の瞳《ひとみ》は、見ているだけで胸が痛くなるような穏やかな光に満ちている。

とてもではないが、こんな吉野には何も言いだせない。

やはり、もう少し自分の気持ちが固まってからにしよう。

新しく住む部屋が決まれば、もう説明するほかなくなる。そこまで自分を追い込んでからでも遅くはない。

本当は吉野に――ほかの誰よりも吉野に、自分の気持ちをわかってほしい。

佐々木の夢がどんな犠牲《ぎせい》の上に成り立つものなのか。

だが、それを口にするのがどれほど残酷《ざんこく》なことか、佐々木は痛いほど知っている。どうすればより楽に口に出すことができるのか、自分でもまだわからない。

聡《さと》い吉野が察してくれることを祈りつつも、まだ気取られたくないという気持ちが内心に渦巻《うずま》いているのもまた、事実だった。

二人で並んでマンションを出ると、空気はしんと冷え込んでいる。

彫像めいた優美なラインを描《えが》く吉野の美貌《びぼう》は、どこにいても人々の注目を集めている。瞬《まばた》きをするたびに生まれる、その睫毛《まつげ》の軌跡《きせき》を視線で追ってしまうほどだ。

身にまとっている空気ですら、鮮やかに思えてくる。

「何、作るか決まった？」

地下鉄銀座《ぎんざ》線の車両の中、つり革《かわ》を摑《つか》んでいた吉野が不意にそう尋《たず》ねた。

「えっ？」

「メニューだよ。試作するんだろう？」

その言葉に、半分上《うわ》の空《そら》だった佐々木は慌《あわ》てて頷《うなず》いた。

「平目《ひらめ》のポワレ」

佐々木は簡潔に答えた。

答えが出たのは、つい二日ほど前だ。

部屋を出ていこうという決意が揺るぎなくなったとき、おのずと、作るべきメニューが見えたのだ。

「ポワレを？　だから毎日ポワレばっかりだったのか……」

吉野が訝《いぶか》しげな顔つきになるのも無理はない。

確かにここのところ、肉も魚もポワレばかりだったが、今さら、どうしてそんな基本的なものを作るのかと、不思議になっているのだろう。

「いいんだ、それで」

「ふうん。でも、千冬のポワレより美味《おい》しいものは、ほかにないと思うけど」

朝の通勤電車で、さらりとそんないやらしいことを言われてしまうのだから、たまらない。実際、ポワレしかないと思いついたのが、自分がポワレされている最中だったこともあり、佐々木は耳まで赤くなるのを自覚したが、ほかの乗客はその意味すらわかっていないだろう。

「——頑張《がんば》ってね」

くすっと悪戯《いたずら》っぽく笑った吉野は、そこで車両を降りる。

青山《あおやま》一丁目駅で降りた吉野を窓から見送ると、佐々木はそのまま地下鉄で赤坂見附《あかさかみつけ》駅へと向かった。

とりあえず、エリタージュの近くにある不動産屋が新年は今日から開くことは、調べてある。そこで何か物件がないか調べてみるつもりだった。

もっとも、エリタージュは相場の高い赤坂にあるのだから、その近辺で手頃なものがあるはずがないというのは、予測がついている。

まず部屋を探すのに考えなくてはならないのは、家賃、交通の便と広さのバランスだろう。それから、キッチンが充実しているかどうか。料理人の佐々木にとっては、これがかなりのウエートを占《し》めていた。

レピシエに勤務している頃は厨房《ちゅうぼう》を自由に使えたが、エリタージュではそうもいかない。ある程度自室で機材が揃《そろ》っていなくては、料理の練習もできない。

赤坂見附で地下鉄を降りた佐々木は、駅から歩いて数分のところにある不動産屋の窓ガラスに貼《は》られた広告に目を留めた。

「高い……」

そこには赤坂近辺の高級マンションの広告ばかりが貼《は》り出《だ》されている。しかも、どれもが予想していたよりも高く、佐々木はひどく落胆《らくたん》した。

おかげで、不動産屋に立ち寄る気力は萎《な》え、そのまま店に向かうことにした。

息を吐き出すと、空気は真っ白だ。

その光景を見ていると、今朝見た夢を思い出す。

雪遊びの結果熱を出した如月《きさらぎ》に、お見舞いにあげようとカップケーキを作ったのだ。だけど、それを目ざとく見つけた妹の琴美《ことみ》が、欲しいと言ってひどく泣くから。

仕方なくそれを「一個だけ」と言って差し出したら、彼女はよりによって一番美味《おい》しそうに焼けたものを食べてしまったのだ。

少しだけ年の離れた琴美は、可愛《かわい》いけれど早熟で厄介《やっかい》な存在だった。母親に可愛がられているという自信もあったのか、佐々木に無茶な要求ばかりした。

だから、佐々木には如月が可愛かった。素直《すなお》で明るくて、自分が守ってあげないと壊れてしまいそうなくらいに脆《もろ》い子供が。

琴美とは正反対に、懸命に自分に頼《たよ》ってくれる幼《おさな》なじみが愛《いと》しかった。

もっとも、今は立場が逆だ。

自分が如月に引っ張られて、大切なものを探している。

背後から誰かがぱたぱたぱたっと走ってきて、佐々木の背中を叩《たた》いた。

「佐々木さん！」

振り向かなくたって、声の調子だけでそれが誰かはわかる。

「おはようございます……っていうか、えっと、あけましておめでとうございます！」

「おはよう」

康原《やすはら》に向かって歯切れの悪い挨拶《あいさつ》を返すと、彼は嬉《うれ》しそうに顔をくしゃっとさせた。陽気で調子のいい後輩は、佐々木にとても懐《なつ》いている。

和歌山《わかやま》出身の康原は、実家のベーカリーの営業不振が心痛となって、一時は目も当てられないほどに落ち込んでいた。この陽気さを考えると、営業危機からは脱することができたのだろうか。

とはいえ、面と向かってそんなことを尋《たず》ねるのははばかられて、佐々木は自分からは何も訊《き》けないままだった。

しばらく他愛《たわい》のない会話をしたあと、彼は不意に「あっ」と声をあげた。

「どうした？」

「年末はお金、ありがとうございました。それで、先輩の銀行の口座番号教えてもらえませんか」

「口座番号……？」

「金、返そうと思って。少しだけど、実家も楽になったんで」

「そうか」

自分の表情が、ゆるゆると安堵《あんど》に和むのを感じた。だから康原もこんなに明るい顔をしているのかと思うと、ほっとした。

「昔の知り合いが、東京の大学出て、頼《たよ》りになるとは思わなかったんだけど……一生懸命やってくれて」

そういえば、証券会社に勤める友人がいると話していた。かなりの金額を、彼に運用してもらっているのだという。

「何に使ったんだ？」

「当座の生活費。株買うのに、貯金つぎ込んじゃったんで」

そう言って、康原はばつが悪そうに肩を竦《すく》める。

「で、少し株を売って、利益が出たから。しばらくはやっていけるだろうってことになったんです」

「――ふうん」

そんな旨《うま》い話なんて、あるものだろうか。

佐々木はそう思ったのだが、あまりにも無邪気《むじゃき》な康原に門外漢《もんがいかん》の自分が反対意見を告げるのも気が引けて、黙り込んでしまう。

「先輩もレピシエの資金、必要なら、俺、協力しますよ」

「当分はエリタージュでやるから」

答えにならない適当な返事をすると、佐々木はその話題を打ち切った。

もちろん、金は喉《のど》から手が出るほど欲しい。

しかし、株のような危うい取引に身を投じるつもりはなかった。

駅から続く道を曲がると、エリタージュのペーブメントが見えてくる。そこに見慣れた島崎《しまざき》の背中を発見し、佐々木と康原は口々に「おはようございます」と声をかけた。

「おはよう——いや、おめでとう、か」

気難しいはずの料理長は、にっこりと笑った。

「今日は予約は」

「新年だから多少出足が悪いが……仕方ないだろう」

あまり忙しくてもなかなかペースが摑《つか》めないし、その点では仕方がない。

佐々木はふっと息をついた。

「今年もよろしくお願いします」

「そうだな。今年こそは、ソーシエになるくらいの気概《きがい》を見せてもらわないと」

「はい、頑張《がんば》ります」

部下を発憤《はっぷん》させるための材料とわかっていても、期待していると口にされるのは、素直《すなお》に嬉《うれ》しい。佐々木は大きく頷《うなず》いた。


新年のせいか客足はさほどでもなく、いつもより早く営業が終わった。

「料理は考えてきたか？」

島崎に問われて、佐々木は頷く。

「はい」

吉野に話していたとおり、メニューは平目《ひらめ》のポワレ。それだけだ。

佐々木はがらんとした厨房《ちゅうぼう》で、一人で調理を始めた。

その様子を、島崎は腕組みをし、口も開かずにじっと見つめている。

メニューに載《の》せてもらえるような新しい料理を作ろうと、佐々木はここのところずっと考えていた。

そもそも、島崎は魚介のポワレの技術に関しては、佐々木の腕を信用してくれている。

特に焼き加減に関しては問題がないと思っているようで、新しいソースに味を変えたとき以外は、客に出すにもいちいち伺いなど立てなくてもいい状態だった。

だからこそ、彼に食べてほしかった。

今の佐々木が作るポワレを。

迷いなどどこにもない。佐々木は料理だけしか見つめていないからこそ。

ほかの魚よりも皮の薄い平目《ひらめ》をポワレするときは、ほかの食材よりは多少低温で仕上げなくてはいけない。そのタイミングを間違えると、失敗作となってしまう。

張り詰めた空気の中で、佐々木は背筋を伸ばしてひたすら料理に没頭《ぼっとう》する。

こうして島崎が見ている以上は、失敗は一つとして許されなかった。

「――どうぞ」

白ワインとオリーブオイルであっさりと仕上げたこのメニューは、つけあわせも普段エリタージュで出すものと変わりがない。どこのレストランでも食べられる、ごく基本的で取り立ててどうということのない料理だった。

島崎はナイフとフォークを使って、それを切り分ける。

一口含む。

無言で、もう一口。

やがて、島崎はゆっくりと顔を上げた。

「料理に自信が漲《みなぎ》ってる――そんな味だ。火加減にだいぶ工夫をしたようだな」

しっかりとした声で、島崎は論評を告げる。

島崎のレシピを、佐々木の個性で料理してみたかった。

どうすれば素材の美味《おい》しさをもっと引き出せるのか、試行錯誤《しこうさくご》した結果だった。

「だが、新しくメニューに載《の》せられるようなものを、と言ったはずだ。普段から平目《ひらめ》のポワレは、おまえに任せているだろう？」

「わかってます」

佐々木は強い口調で言い切って、島崎を見つめ返した。

「だけど、今の俺が作るポワレを食べてほしかったんです」

しばらく、島崎は無言のままで皿を睨《にら》みつけていた。そして、顔を上げた。

「――いいだろう。このメニューに関しては、おまえに言うことは何もない。これこそが、おまえの皿だ」

やわらかな口調でそう言った島崎は、佐々木に向かって微笑する。

島崎にしてみれば、それは弟子に贈れる最大級の賛辞《さんじ》であろう。

「次は別のソースも考えてみるといい」

「……ありがとうございます！」

途端に強い緊張にあったことを思い出し、佐々木はその場に崩れるように座《すわ》り込《こ》んだ。

「少なくとも、厨房《ちゅうぼう》に立っているおまえは迷いがない。それを持続させるための方法を見つけることだ」

彼が吉野のことを念頭に置いているであろうことは、間違いがない。

「……見つけてはいます」

佐々木がそう答えると、島崎は静かに頷《うなず》き、そこを出ていった。

そう、答えはもう見つかっている。

だけど、一歩厨房《ちゅうぼう》を出て『料理人』ではなく『吉野の恋人』という立場に戻ると、再びぐらぐらと心が揺らいでしまう。

本当はまだ、心のどこかで迷っているのかもしれない。

生身の人間としての佐々木は、吉野と別れてしまうことを怖《こわ》いと思っているのだ。

当たり前だ。そんな重大な決断を前に、悩まずにいられるものか。

けれども、まるで目の前にレールが敷かれているかのように、自分の行く末は決まっていく。

料理を選ぼうとすれば、自然と吉野という選択肢《せんたくし》は捨て去られてしまう。

それに怯《おび》えたり戸惑《とまど》っているいとますらないほど。

文字どおり愛欲にまみれた休暇が終わって、はや数日。

お互いに仕事も始まり、いつまでも年始ののんびりした穏やかな気分を引きずることはできなかった。

吉野だって仕事が忙しいし、相変わらず景気は不安定で先行きは厳しい。たった三人で構成されるオフィスだったが、いちおうは社長という肩書きがついている以上、社員たちを路頭《ろとう》に迷わせてはならない。

「……疲れた」

残業を終え、帰宅した吉野はようやくラフな格好《かっこう》に着替え、リビングでくつろいでいるところだった。

忙しく働いてきたというのに食欲はなく、吉野はワイングラスを片手にソファに座《すわ》り、電気も点《つ》けずにそれを呷《あお》る。

普段よりも疲労の色が濃いのには、それなりに理由がある。

言葉にはできないものの、佐々木とのあいだに厳然と存在する、奇妙な違和感。

それがちりちりと首の後ろを灼《や》く。

普段と同じはずの日々の中に埋没しようと努めながらも、吉野は確かにそれを感じていた。

何よりも、ただセックスだけに溺《おぼ》れていた日々が、常ならぬ事態の前兆のような気がしている。

テレビをつけてみたが、特にめぼしいニュースはないし、興味のあるスポーツもない。

吉野はスイッチを切ると、ワインをグラスに注いだ。

渋い赤ワインを飲みながらチーズをつまんでいると、このまま悪酔いしそうだった。

不意に電話のベルが鳴り響き、機械音が静寂《せいじゃく》を切り裂く。

吉野は顔を上げ、受話器を取った。

「――はい、吉野ですが」

途端に、鼓膜《こまく》には聞き慣れた男の声が飛び込んできた。

「仁科《にしな》だ」

悪びれもせずに堂々とした発音をする相手に、吉野のほうこそ一瞬《いっしゅん》言葉を失いかけてしまう。

仁科宏彦《ひろひこ》。

何を考えているのか推《お》し量《はか》ることすらできぬ相手は、何もかも知り尽くした透徹《とうてつ》した頭脳の持ち主だった。

もっとも、今は彼は吉野と仲違《なかたが》いをしている最中だ。

「何かご用ですか」

今さら謝罪してきたところで、許すつもりは毛頭ない。

こうして声を聞くだけでも、吐き気が押し寄せてくる。しかし、ここで受話器を置いて通話を乱暴に打ち切るのも大人げない気がして、吉野は喉元《のどもと》までせり上がってきている別の言葉を懸命に堪《こら》えた。

この男の仕打ちを、自分は生涯《しょうがい》忘れることはないだろう。

彼が引《ひ》っ掻《か》き回《まわ》したのだ。

吉野と佐々木の関係を。

いったいなんの恨みがあるのか、知らない。

脆《もろ》い殻《から》に守られた二人の関係を、吉野は大切にしたかっただけだ。それなのに仁科は、面白《おもしろ》半分にその均衡《きんこう》にちょっかいを出し、それを台無しにしようとしている。

仁科は、吉野がもっとも大切にしているものを、簡単に踏みにじったのだ。

「用があるのは、君にじゃない。佐々木くんのほうだ」

その言葉に、敏感《びんかん》になった神経がなおのこと刺激される。

「……千冬ならまだです」

怒りが表面に出ないように注意しながら、吉野は押し殺した声で答えた。

「だったら、明日、出勤前にオフィスに来るように伝えてくれ」

「伝えるのはけっこうですが、千冬がそちらに伺うかは、俺は保証しかねます」

ささやかな抵抗のつもりだった。

しかし、仁科は酷薄《こくはく》な声音でこう告げた。

「彼は来るよ。——絶対にね」

いやに自信ありげな言葉だった。

それは、結局は仁科のオフィスの従業員である佐々木だからこそ、絶対に来るという自信の表れなのか。

吉野はその言葉の奥底にある仁科の真意を推《お》し量《はか》ろうとしたが、摑《つか》みどころのない男は、「じゃあ」と言ったきり受話器を置いた。

あとには、通話が途切れてしまった受話器を握る、吉野自身が取り残される。

他人の思惑《おもわく》など、自分にはわからない。しかし、仁科はまた特別だ。

ありきたりの思考のパターンでは、彼は決して動かない。

ただ一つだけ確実なことがあるとすれば、それは、仁科が自分の敵だということだろう。

難しい顔をして椅子《いす》に座《すわ》り込《こ》んでいると、背後でドアが開いた。

「……ただいま」

帰ってきたばかりの恋人が運んできた冬の街の匂《にお》いを嗅《か》ぎ、吉野は微笑《ほほえ》んだ。

「お帰り。ごめんね、今、ちょうど電話がかかってきて」

「そう」

疲れて帰ってくる佐々木を出迎えるのは、吉野の日課だった。それが途切れるとどれほど彼を心配させてしまうか、吉野にもわかっている。

特に今は、佐々木の心も不安定に揺れ動いている時期だ。下手に刺激をして、また「出ていく」なんて馬鹿《ばか》なことを言わせたくない。

先だって、平目《ひらめ》のポワレを作って島崎に褒《ほ》められたとは聞いていたものの、佐々木はちっとも嬉《うれ》しそうではない。

そのことが吉野の気にかかっていたのだが、あえて尋《たず》ねる勇気もなかった。

「電話、仁科さんからだった。明日にでも、オフィスに来るようにって」

「わかった」

佐々木の言葉には無駄《むだ》がない。それは彼が口べたで、じつは不器用だからだということを吉野は知っている。

不器用だから、より簡潔で簡素な方法をとる。

だとすれば、彼は。

料理の道のために吉野が不要だと思えば、吉野を捨て去ってしまうのだろうか。

この部屋を出て一人で暮らしたいと言った彼の声が、まだ耳の底にこびりついている。

途端に、あの日の苦々しい記憶が蘇ってきた。一瞬《いっしゅん》のうちに、不安が心を覆い尽くす。

振り返ると、今にもリビングから出ていこうとしている佐々木の背中が見え、それに吉野は強い焦燥《しょうそう》を覚えた。

「――どこにも行かないで……！」

反射的に立ち上がった吉野は、佐々木の身体《からだ》を背中から抱き締めていた。

否定してほしい。

吉野の思い過ごしで、佐々木は出ていくつもりなんて、ないのだと。

「君が何を考えているのかわからない」

そのうち自分を捨てていなくなってしまうのではないかと。

このところ、いつも不安になってばかりいる。

そろそろと腕を伸ばして、こちらに向き直った佐々木が吉野の背中に手を回す。宥《なだ》めるように何度か軽く背中を叩《たた》かれて、そのささやかな仕草に胸が痛んだ。

「馬鹿《ばか》」

いたわるように優しい声音だったが、それを鵜呑《うの》みにできるほど、脳天気にはなれなかった。

「行かないって言って」

「――――」

吉野の無理な要求に困惑《こんわく》したのか、佐々木は黙り込む。

一言、「どこにも行かない」と言ってくれればいいのに。

「……ごめん」

しかし、彼の顔に浮かんだ戸惑《とまど》いを見て、吉野は思わず謝罪を口にしていた。

どうかしている。

「ごめん、千冬」

「いい」

佐々木は首を振って、するりと吉野の腕から抜け出す。

暑苦しいコートの感触が嫌《いや》で、吉野は佐々木のコートのボタンを外してやった。弾《はず》みで喉《のど》に触れてしまったせいか、佐々木の身体《からだ》がびくんと跳ね上がる。

「お風呂《ふろ》、入っておいで」

「うん」

吉野に促されて、佐々木は表情をわずかに和ませる。笑うことを知らないのではないかと思うほど、いつも厳しい顔をしている恋人だったが、彼の張り詰めた心が和む瞬間《しゅんかん》を、吉野は知っている。

やがてバスルームから水音が聞こえ始めた。

しばらくワインを飲んでいた吉野だったが、佐々木のコートがそのままになっているのに気づく。

ハンガーを片手に彼のコートをかけてやろうとしたとき、何かが音を立てた。

「…………」

不審《ふしん》に思った吉野は、ポケットに手を突っ込む。

丁寧《ていねい》に折り畳まれた紙片を見て、全身の血の気が引くような気がした。ポケットに入れられていたのは、不動産屋の広告だったのだ。

「まさか」

頭の奥がじんわりと痺《しび》れていく感触は、目眩《めまい》にも似ている。

吉野はそのちらしを握り締めたまま、その場に呆然《ぼうぜん》と立ち尽くした。

駅でたまたま配っていたのかもしれない。そうに決まっている。

佐々木がこれを必要としていたなんて、そんなことがあっていいはずがない。

「……どうかしたのか」

不意に、背後から声をかけられて、吉野は青ざめた表情で振り返る。

「これ、どうしたの？」

「もらってきた」

佐々木も彼なりに覚悟を決めていたのか、意外なほどにはっきりとした返答があり、それが吉野の心臓を直《じか》に抉《えぐ》った。

「なんで？」

「引っ越したいって、話しただろ？」

「——そんなの……！」

勢いに任せて、吉野は彼の両肩を乱暴に摑《つか》んだ。

その途端に思いのほか悲しげな佐々木の瞳《ひとみ》に行き当たり、吉野の心も苦い色彩で塗りつぶされていく。

それを打ち消すかのように、吉野は彼の身体《からだ》を掻《か》き抱《いだ》いた。

彼は本気で出ていくつもりなのだ。

ただ別居するだけなら、佐々木は素直《すなお》に吉野にその願いを伝えるだろう。

それを言えないのは。そこまで黙っているのは。

別居以上の意味が、そこに込められているからだ。

佐々木は、吉野をいらないと思っているのだ……。

どれほど言葉を尽くしても、愛情で溺《おぼ》れさせようとしても、佐々木の夢までも窒息《ちっそく》させることはできない。

こうして抱き締めているだけで、その事実がわかってしまう。

あの日、彼は言ったはずだ。

佐々木の道を妨《さまた》げるのであれば別れたいと覚悟を決めた吉野に、『今は、あんたを選ぶ』と。

その言葉の裏にある佐々木の無意識の感情を、吉野は密《ひそ》かに読みとっていた。

そう、その限定の仕方が、いつも心に痛かった。

今だけだというのがわかっていた。

佐々木はきっと、自分自身の道のためには吉野のことすら捨て去るだろう。

不器用で繊細であるがゆえに、佐々木はいつも苦しみ抜いた末に己の道を選ぶ。だからこそ、彼のその選択《せんたく》を責めることはできない。

それを吉野は、いつだって知っていたのだ。

「千冬……」

だけど、それでも諦《あきら》められない。

もっとも愛する人間を、それくらいで諦めたくはない。

その相反する心情に、吉野は今にも引き裂かれそうだった。


……わかっていた。

吉野を、もっとも愛する恋人を傷つけてしまったのだと。

毛布にくるまって眠っていた佐々木は苦しくなって、深々と息を吐く。

包容力がある年上の男だと思っていられたのはほんのわずかな期間のことで、吉野は恐ろしく脆《もろ》い一面をも持つのだと、佐々木も気づき始めていた。

それなのに、自分は……。

「吉野、さん」

夜明け過ぎにようやく寝入ったらしい男の名前を小さく呼んで、佐々木はその背中にそっと触れる。そして、寝返りを打って彼に背を向けた。

吉野のその背中を見ていることが、今の佐々木にはたまらなく辛《つら》い。

もっとちゃんと、時期を見て言うはずだった。

先に部屋を探し始めるのはずるいかもしれないが、そのあとで吉野に自分の決意を説明するつもりだった。

自分のずるさくらい、百も承知だ。

己の夢と未来のために、大切な恋人さえも捨ててしまおうというのだ。

恋愛に疎《うと》い佐々木にだって、一緒《いっしょ》に住んでいた人間が離れることが、どんな結論を呼ぶかはわかっている。

彼が怒るのはわかっていたし、反対することも予想がつく。

酷《ひど》く傷つけるだろうというのも、知っていた。

しかし、その結論以外選べなかった。

そうすれば、自分が吉野に繋《つな》ぎ留《と》められる理由は、何一つとしてなくなる。

そして同じように、吉野もまた自由になる。

一つの恋と、そしてその関係が終わるのだ。

やがて彼は、その腕に別の人間を抱くのだろう——佐々木ではない誰かを。

それを見過ごせるほど佐々木は寛大ではないが、幼《おさな》い頃から抱いていた夢を捨て去れるほど柔軟ではなかった。

我《わ》が儘《まま》で卑怯《ひきょう》で、ずるい。

そんな己が嫌《いや》で、憎らしくて、だけどそれでも佐々木を愛してやまない吉野が愛《いと》しくてたまらなかった。

こんなに好きになれる人間は、世界じゅうでたった一人だ。

きっともう、二度と出会えない。

だけど自分は、最後の最後で己の足で立つことをやめられない。

愛情と仕事のどちらに価値があるのか、佐々木にはわからないとしても。

そもそも、その二つを比べること自体が間違っているのだ。

佐々木に決断を迫らせた原因は、ほかにもあった。

それは、この先死ぬまで吉野と一緒《いっしょ》にいられるかなんて、誰にもわからないということだ。

吉野はいつか、佐々木を好きでなくなってしまうかもしれない。

佐々木はずっと、ずっと、きっと一生吉野のことを好きだけれど、自分と吉野とは、もともと気質も何もかもが違うのだ。

永遠の恋など、あるはずがないと知っている。

だからこそ、そのときに常に自分を支えてくれる料理という存在を、失うわけにはいかなかった。

吉野がいなくなっても、離れてしまったとしても、自分には料理がある。

それゆえに今、こうして料理を選ぶのは本末転倒なのだろうか。

と、そこで、鼓膜《こまく》を刺激するけたたましい音響を立てて、目覚まし時計が作動した。

出勤するために起き上がった吉野は急いでそのベルを止め、それから気遣《きづか》うように背後を振り返る。

目を合わせるのが気まずくて、佐々木はそのまま寝たふりをしていた。

「おはよう、千冬」

佐々木を起こさぬように小さな声で伝え、吉野はそのこめかみにくちづける。

こんな日常を失おうとしている自分自身の愚《おろ》かさに、目眩《めまい》がしそうだった。

3

「おはよう」

佐々木《ささき》を見て微笑《ほほえ》んだ仁科宏彦《にしなひろひこ》は、こちらが訝《いぶか》しく思うほどに上機嫌だった。

今にも口笛でも吹きだしそうな様子で、何がそんなにおかしいのかと、怒鳴《どな》りつけてやりたい衝動《しょうどう》に駆られるほどだ。

「用件は」

端的に佐々木が切り込むと、彼は「怖《こわ》いな」と笑う。

本当に、心底いけすかない男だった。

彼の望みどおりに、こうしてオフィスまで来てやったのだ。用件くらい、手早くすませてほしい。

親切ごかしの顔をして、佐々木から何もかも奪っていく。

レピシエも如月《きさらぎ》も、彼のせいで失いかけている。

だいたい、仁科が雨宮《あめみや》によけいなちょっかいを出さなければ、自分だってこんな辛《つら》い選《せん》択《たく》をせずにすんだのかもしれない。

雨宮は、佐々木が一緒《いっしょ》に店をやりたいと思えた、初めての料理人だった。

彼と一緒にレピシエの味を組み立てる夢さえ見たのに。

なのに、仁科が——雨宮を新しいビストロに招聘《しょうへい》するなんて言いだしたから。

「一人暮らしをする決心はついたのか？」

「……それが？」

思いきり険のある声で訊《き》いたが、仁科は怯《ひる》まなかった。

彼は佐々木の鋭いまなざしも、いつものともしない。吉野でさえも、ときどき「千冬《ちふゆ》は睨《にら》むと怖《こわ》い」なんて言いだすのに。

「知り合いに不動産業者がいるんだ。いい物件があるかもしれないし、家賃も少しは交渉してもらえるかもしれないだろう？　住所を教えてあげるから、行ってみるといい」

「あんたの世話にはならない」

ぶっきらぼうに佐々木は言い放ったが、仁科もまた退《ひ》かなかった。

「上司命令だ」

仁科はきわめて素っ気ない口調で言い切ると、卓上《たくじょう》にあった封筒を佐々木に手渡した。

「俺の名前を出せば、話が通じるように手配はしてある。キッチンにこだわって探すように伝えてあるし、騙《だま》されたと思って、一度行ってみるといい」

あまりに手回しのいい仁科の行動に、佐々木は一抹《いちまつ》の疑問を感じた。

「……あんた、なんで……そんなに」

「君たち二人を引き離したいんだ」

まるでなんでもないことのように、仁科はさらりと言ってのけた。

冗談《じょうだん》だとわかっていながらも、その言葉に佐々木の心は逆撫《さかな》でされていく。

仁科という男は、不思議と人を見透かしている節がある。だからこそ、こうして己の手で未来を選び取った気でいても、それが彼の手の上で踊らされているのではないかと、あらぬ疑いを抱いてしまうのだ。

どんな選択肢《せんたくし》であっても、じつは仁科の意図のもとで選ばされているのではないかと。

それは、あまりに被害妄想《ひがいもうそう》めいた妄言だろうか。

「冗談だよ。そんな顔をするな」

男は軽く右手で佐々木の胸を小突き、ふっと笑った。

「君には一人前のシェフになってほしい。そうでなくとも遠回りをするタイプだからね。できれば助力したいんだよ。——吉野は、あれはあれでどうでもいいからな」

そんな仁科の手を払いのけて、佐々木は彼を睨《にら》みつけた。

どうせ、いつものように他者を惑《まど》わせるためのでたらめを言っているに決まっている。

騙《だま》されてはいけない。

「どうでもいいって、どういうことだよ……」

「あいつのことは、他人が放《ほう》っておかないだろう？」

その返答に、じわり、と胸の一点が疼《うず》く。

「俺にできることなら、協力しよう。だから、なんでも相談するといい」

「あんたなんかに頼《たよ》らない」

「わかってないな、君は」

佐々木の腕を摑《つか》んで、仁科は耳元に唇《くちびる》を寄せる。吐息《といき》が絡《から》みつくように皮膚《ひふ》に触れて、背筋がぞくりとした。

「吉野と別れる代償《だいしょう》に、面倒くらい見てやる。そう言ってるんだ」

それは淫蕩《いんとう》さと酷薄《こくはく》さを兼ね備えた声だった。

「──あんたは……最低だ」

口べたな佐々木は、精一杯罵倒《ばとう》しようと試みる。しかし、仁科はそう言われても、ものともしない。

「よくそう評価される」

心底嬉《うれ》しそうに微笑《ほほえ》む仁科を見ていると、反吐《へど》が出そうだ。胸がむかむかとしてきて、おさまらない。

「最低な男にだって、それなりの流儀《りゅうぎ》がある。君は一度、俺の流儀に従ったんだ。だったら、独立するまでそのルールに則《のっと》ってもらわなくては、示しがつかないだろう?」

「そんな覚えは」

「俺の店に入ったからには、同じことだよ」

嫌《いや》だ。

仁科の屁《へ》理屈《りくつ》に飲み込まれてしまいそうになる。

彼の言葉には魔力《まりょく》があるのだ。

他人を惹《ひ》きつけ、騙《だま》してしまうという逃れがたい不思議な力が。

それに引きずり込まれるのを恐れて、佐々木は激しく首を振った。

「違う」

「君は何かを諦《あきら》めなくては、大切なものを手に入れられない人間なんだ。吉野を手に入れたから、料理を見失った。今度は料理を極めようとするから、吉野を失う」

淡々とした声は、佐々木のもっとも恐れている部分を容赦《ようしゃ》なく的確に突いてきた。

「じゃあ、あんたは……何かを諦めたのかよ!」

抉《えぐ》られた部分の薄い皮膜《ひまく》が破れ、耐えきれずに感情が迸《ほとばし》ってきた。

何かが弾《はじ》け、佐々木は思わず仁科の襟首《えりくび》を摑《つか》み上《あ》げる。

至近距離で、視線と視線とが絡《から》み合《あ》った。

「君と俺では、人種が違う。生き方もポリシーも違う。俺は何も諦めない。諦めたこと

も、諦《あきら》めようとしたことも一度としてないからね」

憎らしい男は余裕のある表情を見せると、佐々木に向かって微笑《ほほえ》んだ。

その表情に毒気を抜かれ、佐々木はのろのろと手から力を抜いていく。

「これから先も、俺のルールを覚えておけ。——悪いようにはしないよ」

彼はなおも笑みをたたえたまま、出ていくことを要求して、入り口のドアを指さした。

味方なんて、誰もいない。

突然、足下から揺らぐような感覚を覚えて、佐々木は倒れそうになる。

この先はずっと、一人。誰と対峙《たいじ》するのであっても、一人だ。

そんな錯覚。

そう、これから先は、ふらついたとしてもこの身体《からだ》を支えてくれる人間は、どこにもいないのだ……。

自分が拒むから。

吉野がただそこにいてくれるだけで与えてくれる力すらも、今の佐々木には甘い毒でしかないと悟《さと》ってしまった以上は。

いっそのこと、その蠱惑的《こわくてき》な毒に殺されてしまいたかった。

「社長、大丈夫ですか？」

吉野のオフィスで事務を担当する中峰《なかみね》緑《みどり》が吉野を『社長』と冗談《じょうだん》めかして呼ぶのは、それなりに気を遣《つか》っている証拠《しょうこ》だ。

もしくは、からかおうとしていることも考えられるが、この状況ではおそらくそれはないだろう。

今日の吉野は、からかうことさえ気の毒に思えるほど、落ち込んでみえるらしい。表情には生気がなく、皮膚《ひふ》も張りがない。いつもの瑞々《みずみず》しい美貌《びぼう》を知る者であれば、ほんの一日でそこまで変貌《へんぼう》を遂《と》げた理由を知りたいと思うだろう。

「……大丈夫」

ややあって答えた吉野を見て、緑は「全然、平気に見えないわ」と呟《つぶや》く。

「先輩、絶対何かあったでしょう。誰にも言わないから、教えてみてください」

「誰にも言わないって、原田《はらだ》には言うじゃないか」

吉野が拗《す》ねた口ぶりになると、彼女は至極《しごく》当然のように頷《うなず》いた。

「それは、私と原田くんは一蓮托生《いちれんたくしょう》っていうか、運命共同体っていうか……」

「どっちにせよ、言うつもりはないよ」

吉野は素っ気なく答えると、再びパソコンの画面に視線を落とす。

こういうときは仕事で頭をいっぱいにしていたほうが、よけいなことを考えなくてすむのだ。

「振られたんでしょ、先輩」

「な……」

狼狽《ろうばい》のあまり、声が掠《かす》れてしまう。

振られた――確かに、そう表現するに相応《ふさわ》しい状況だった。

そう、吉野は振られてしまったのだ。

自覚すればするほど、ますます己の中の傷は深くなっていく。

「え、嘘《うそ》……図星⁉」

ところが、それに驚いたのか、緑は素《す》っ頓狂《とんきょう》な声をあげた。

「それは……まだそう決まったわけじゃないけど」

だが、近いうちに佐々木が出ていってしまうであろうことは、誰の目から見ても明らかだ。それを失恋と名付けるのはあまりにも単純で、そして容易《たやす》い。

「先輩、また浮気したとか？」

「人聞きが悪いな。千冬がいるのに、浮気なんてするはずないだろう」

たった一人愛する人間がいるというのに、浮気なんてもう二度とできない。同じ過《あやま》ちを幾度となく繰り返すほど、吉野だって愚《おろ》かじゃない。

だったら佐々木は、どうして出ていくというのだろう。

そこが吉野には、理解《りくつ》できなかった。

いや、佐々木の理屈《りくつ》はなんとかわかっている。

吉野がいると毒になるのだという。どうしても、甘えてしまうのだという。

だから、その妨《さまた》げとなる吉野を排除する。

四則演算《しそくえんざん》によるよりも簡単な結論に、吉野は呆気《あっけ》にとられるばかりだった。

料理を求めるのはかまわない。だが、その代償に恋を捨てることだけが、最良の選択《せんたく》なのだろうか。ほかにもっと、やり方はなかったのか。

だいたい、一人暮らしをすればよけいな出費が増えるのだから、レピシエのための資金を貯《た》めることはできなくなる。

だが、その程度の計算ができてもなお、佐々木は吉野と別れることを望んでいるのだ。

いっそのこと、嫌われて振られるほうが、まだマシだった。

素面《しらふ》で「愛してる」と囁《ささや》いたくせに、自分を好きなのに別れると言うから、吉野は佐々木を諦《あきら》めきれないのだ。

それともそんなことすら是《ぜ》とすることができぬ鈍重な吉野だからこそ、佐々木は愛想《あいそ》を尽《つ》かしたというのか。

「じゃあ、先輩引っ越すの？」

わざとそんな無邪気《むじゃき》な様子で振る舞っているのか、彼女の声には屈託《くったく》がない。

「引っ越さないよ」

佐々木がいなくなれば、それは無意味な空間だった。立派《りっぱ》なキッチンも広いベッドも、何もかもが必要なくなってしまう。

だが、不思議《ふしぎ》と吉野の心には、「引っ越す」という発想がなかった。

「だったら、あのやたらと広いって噂《うわさ》のマンションに一人暮らし？　それって侘《わ》びしくないですか？」

「侘びしいに決まってるじゃないか」

吉野はぽん、とキーボードを叩《たた》いてそう言った。

佐々木がいないと吉野の心は苦しくなる。

ほんのわずか離れることだって耐えられないこの心を、佐々木は置き去りにしようとしているのだ。別れようと言っているのだ。

それがどんな結果をもたらすのか、吉野は知らない。

気づけば自分たちの関係は、終焉《しゅうえん》へと向かっていたのだ。

それが唯一の事実だとすれば、それほど虚《むな》しいことはなかった。

あまりに悲しみとやるせなさが募り、怒ることすらできなかった。

「千冬、今日の予定は？」

佐々木が祝日に休みになることは、珍しい。

いつまでも一人で鬱《ふさ》ぎ込《こ》んでいても、仕方がない。

それに今日は、特別な日なのだ。そのことに彼は気づいているかと期待しつつ、吉野はできる限り明るい調子で呼びかける。

「出かける」

対する佐々木の返答は、素っ気ないものだった。

その拍子《ひょうし》に飲みかけのコーヒーで唇《くちびる》を火傷《やけど》してしまい、吉野は「あち」と呟《つぶや》く。

「出かけるって、どこに？」

立ち上がった吉野は、コーヒーに牛乳を注ぐ。冷静を装っているのに手が震えて、零《こぼ》れた牛乳がテーブルクロスに点々と落ちた。

「……それは」

佐々木の唇から、喘《あえ》ぐような声が漏《も》れた。

動揺《どうよう》しているのは、彼もまた同じだったようだ。

「それは、その……不動産屋」

それが、決定打だった。

吉野の心の中で、何かが音を立てて崩れていく。

——今日がなんの日なのか、佐々木はまったく覚えていないのだ。

一月十五日。

覚えやすいこの日は、吉野の誕生日だというのに。

本当に悲しくてショックを受けたとき、笑うしかなくなるというのは本当だ。

もう、ダメだ。本当に終わりなのだ。

佐々木は今や、この部屋を出ていくことで頭がいっぱいになってしまっている。

案外と記念日には敏感《びんかん》な彼が、吉野の誕生日さえ思い出せないほどに。

だからこそ、どれほど努力したところで、もはや佐々木を引き留めることなどできない。吉野は今、それを痛いほどに思い知らされていた。

なんて残酷《ざんこく》な事実を突きつけてくるのだろう。

しばらくの沈黙ののち。

「——いいよ、千冬。一緒《いっしょ》に行こう」

吉野は精一杯の微笑《ほほえ》みを浮かべて、佐々木の腕を引いた。

「え……？」

そんな反応に、佐々木は意外そうな顔を見せた。

「部屋を探すんだろう。手伝うよ」

自虐的《じぎゃくてき》な心境が生み出す言葉を、佐々木は額面《がくめん》どおりに受け取ったらしい。

見る見るうちに緊張を解き、こくりと頷《うなず》いた。

……愛している。

その言葉が呪文《じゅもん》のように、佐々木を繫《つな》ぎ留《と》めるために役立ってくれたなら。

だけど、どんな告白も行為も、彼の決意を変えさせることはできない。

ただ、彼の心をよりいっそう深淵《しんえん》へと突き落としてしまうはずだ。

吉野を恋人から、ただの足枷《あしかせ》へと変えてしまうだけだ。

それなら、言えるはずがない。

愛してるなんて、そんな言葉。

どうせ終わらねばならないのなら、恋人のままで終わりたい。

せめて、美しい記憶《きおく》のままで。

「どの辺に住みたいと思ってるの？」

「赤坂《あかさか》に通えれば、どこでも」

とはいえ、赤坂では高すぎて、佐々木にはとても手が出せないだろう。

「けど、赤坂と赤坂見附《あかさかみつけ》、あと、永田町《ながたちょう》駅も使えるから……そうすると、丸《まる》ノ内《うち》線と有《ゆう》楽町《らくちょう》線、銀座《ぎんざ》線……あと半蔵門《はんぞうもん》線だっけ？」

指を折って数えてみたが、あのあたりはややこしすぎて、あまり思い出せない。すると、佐々木が助け船を出すように口を開いた。

「千代田線《ちよだ》も」

赤坂や赤坂見附のあたりを通っている地下鉄を数え上げると、思っていたよりもずっとそれは多い。その分、選択肢《せんたくし》が広がるということだ。

そしてそのことを、佐々木は考慮《こうりよ》に入れて動き始めているのだろうか。

彼はいなくなってしまう。

佐々木が自分の腕の中から、消えていく。

「そう考えると選択肢《せんたくし》がありすぎて困るよ」

「……うん」

もっともな意見を聞かされて、佐々木は眉《まゆ》をひそめる。そして、ゆっくりと考え深げな面《おも》もちで口を開いた。

「だから、その……終電の時間を考えた」

「そうだね。エリタージュは遅くまで働いていることが多いし」

「そうしたら、中野《なかの》あたりで……いい出物があるらしくて」

どこでもいいと言いながらも、佐々木の中にはちゃんとプランがある。

吉野がいなくなったあとの生活を思《おも》い描《えが》く余裕すらあるのだ。

いつの間に佐々木は、こんなにしたたかになったのだろうか。

吉野は知らない。

自分が知っていた佐々木は、料理以外に取《と》り柄《え》のないような人間で、馬鹿正直《ばかしょうじき》で不器用だから。だから、部屋探しなんて、一人じゃできないと思っていた。

「いちおう、インターネットで部屋を探してみようか。物件までは見つからなくても、多い価格帯くらいはわかるよ」

精一杯格好《かっこう》をつけた吉野のその申し出に、佐々木はゆるゆると首を振った。

「いい」

「え……でも」

「目星、つけてあるし。仁科…さんの紹介してくれた会社、すごく安いから」

言葉を綴《つづ》るのが不器用な佐々木にしては明確な拒絶に、吉野の心はずきりと痛む。

「じゃあ、そこまで送っていくよ」

それでも吉野は引き下がらなかった。いや、引き下がれない。

「うん」

佐々木はこくりと頷《うなず》く。

そのほっそりとした肩のラインを見ながら、押し倒して身体《からだ》を無理やりにでも奪えたら、と内心で呻《うめ》く。

だけど、愛撫《あいぶ》やくちづけじゃ、もう佐々木の心を溶かせない。

これまでの積み重ねから、吉野はもう完全に悟《さと》っていた。

吉野の前から姿を消そうとする愛《いと》しい人を、引き留められないのだと。

広い店内はいつものように、食事時の喧噪《けんそう》に明るく彩られている。

「仁科さん。仁科さんってば」

食後のカプチーノを待っている成見智彰《なるみともあき》は、焦《じ》れたように仁科の足を軽く蹴《け》った。

「なんだ？」

何気なく店を観察していた仁科は、そこでようやく成見に注意を向けた。

「そういえば、なんで今日、エリタージュじゃなかったの？」

周囲を魅了《みりょう》する華《はな》やかな美貌《びぼう》を持ち合わせた青年は、子供っぽいところが端々《はしばし》に残されている。顔立ちに似合わぬ幼《おさな》い仕草をされて、仁科は我知らず口元を綻《ほころ》ばせた。

「口に合わなかったのか？」

このビストロ『セレブリテ』の食事はリーズナブルで、そして美味《おい》しい。

仁科とて、成見をがっかりさせたくてこの店を選んだわけではなかった。

「ううん。超美味しかったよ。でも、久しぶりに佐々木さんにも会いたかったから」

「おまえみたいに落ち着きのない奴《やつ》がエリタージュなんて、十年早い」

育ちは悪くないし、テーブルマナーもいちおうは身につけている成見だったが、いかんせん、彼は仁科と一緒《いっしょ》にいるとはしゃぎすぎる。

エリタージュは食事する場を楽しむ高級レストランなのだ。その場を掻《か》き乱《みだ》す可能性を持つ人間を、平然と連れていくわけにはいかなかった。

「だって、仁科さんと一緒《いっしょ》にいられるのが嬉《うれ》しいんだもん」

なんのてらいもなくそう言われれば、仁科としても反応に困ってしまう。それを知ってか知らずか、衆目《しゅうもく》を集める美貌《びぼう》の持ち主は、きらきらと瞳《ひとみ》を輝かせて仁科の顔を覗《のぞ》き込《こ》んでくる。

年上の女性にことさら受けのいい成見は、バーカウンターの中に立っているだけでたくさんの女性にアプローチされて、少し困っているようだった。

「智彰、ついてる」

指先で成見の唇《くちびる》の端《はし》についたクリームを拭《ぬぐ》うと、仁科はそれを無造作《むぞうさ》に舐《な》める。

隣席に座《すわ》っていた二人組の女性がそれを見て何かを言っているようだったが、当然のことながら無視を決め込む。

「すまないが、雨宮さんを呼んでくれないか」

仁科は片手を軽く挙《あ》げ、カプチーノを持ってきたギャルソンにそう頼《たの》む。彼は慇懃《いんぎん》に微笑を浮かべ、「かしこまりました」と答えた。

「あめみや、って誰？」

成見は当然生まれるであろう疑問を尋《たず》ねてくる。

「ここの料理人だ」

「興味あるの？　それとも、新しいレストランでも作るの？」

「企業秘密」

仁科の素っ気ない返答に追及を諦《あきら》めたのか、成見はつまらなそうにカップにいくつもの砂糖を落とす。

ほっそりとした彼の美しい指先がもっとも映えるのは、シェイカーを振る瞬間《しゅんかん》だ。

渋谷《しぶや》でぶらぶらしていた成見を見初《みそ》めたことを、仁科は今でも僥倖《ぎょうこう》だと思っている。

しかし、自分が彼を見いだした経緯を、成見はそれなりに恥じらっているらしい。馬鹿《ばか》正直《しょうじき》なのが取《と》り柄《え》の成見が、いつだってたった一つつく嘘《うそ》は、そこに起因していた。

仁科だけしか知らない真実が、いつもそこにある。

たった一つの嘘のおかげで、仁科は密《ひそ》やかな優越《ゆうえつ》感を味わうことができる。ほかの人間にはわからない、教えることのできない理由のおかげで。

成見一人の努力の成果ではないが、彼のために作ったバーである『アンビエンテ』は繁《はん》盛《じょう》しているし、成見自身もバーテンダーとして成長し続けている。

「――お呼びですか」

そこに、能面《のうめん》のように表情のない一人の青年が現れた。

雨宮立巳《たつみ》。

このところ、仁科と佐々木が、それぞれの思惑《おもわく》から執着《しゅうちゃく》してやまない料理人だ。

「ああ。今日も美味《おい》しかったよ。――智彰、感想は？」

「すごく美味しかったです。フレンチって、胃にもたれるかと思ったけど、全然そんなことなくて。デザートも超旨《うま》かった」

にこっと成見が屈託《くったく》のない笑顔《えがお》を見せるのに、雨宮はわずかにたじろいだようだ。

なるほど、仁科の話術をもってしても陥落させることができなかった男は、このようなタイプに弱いらしい。だとすれば、仁科はもう一枚の切り札を有することになる。

成見よりもずっと、説得力のある言葉を紡《つむ》ぎ出《だ》す人間を、仁科は知っている。

「こちらは？」

「成見智彰です。仁科さんのお店でバーテンダーをやってるんです」

「そうですか」

話の接《つ》ぎ穂《ほ》がなく、やや困ったように、雨宮は仁科に視線を投げかけた。

それを受けて、仁科は穏やかに口を開く。

「君のおかげで、ようやく彼は――本気になったよ」

「彼、とは？」

「佐々木千冬。エリタージュで会わせたろう。――恋人と別れて、料理に打ち込みたいそうだ」

　その言葉を聞いて成見は血相を変えかけたが、仁科は彼の足をぎゅっと踏んで口を開かぬように牽制《けんせい》をする。

「それが、僕になんの関係が？」

「ライバルが一人増えるかもしれないだろう？」

「ライバルなんて」

　雨宮は微《かす》かに口元を綻《ほころ》ばせた。その硬質の視線が、わずかに揺らぐ。

「僕は僕の料理を追求するだけです。ライバルも何も、関係ない。ただ、優れた才能の持ち主であるなら……彼が生み出すものを食べてみたいとは思いますが」

「なるほど」

　非の打ち所のない回答に、仁科は満足した。

「今日はありがとう。おかげで食事を楽しめた」

　佐々木のように己の味に固執《こしつ》するわけでもなければ、他人に流される姿勢を見せるわけでもない。自分自身というものを確固として築いている男は、だからこそ、仁科に欺《あざむ》かれることはない。

　それが仁科には面白《おもしろ》い。

　自分の思惑《おもわく》に流されぬ相手に出会うのは、久しぶりだった。

4

佐々木《ささき》の荷物はあまりにも少なく、段ボール数箱に収まってしまう程度だった。それらを配送業者に頼《たの》んで送ってしまうと、身のまわりのもの以外もう持っていくものはない。

最低限の家具を買いそろえると、新居である1DKはいっぱいになってしまう。部屋選びで佐々木がもっともこだわったのはキッチンで、電磁式のコンロなどでは絶対に料理ができないからと、多少狭くてもいいからキッチンがしっかりした部屋を探したのだ。

二月になるのを機に決めた部屋は、だいたいが佐々木の条件どおりだった。早めに部屋が空《あ》いたからと、こうして一月最後の日曜日に引っ越しをすることになったのだ。

新しく住む部屋は中野坂上《なかのさかうえ》にあり、建物も新しくはない。しかし、前の住人が置いていったというオーブンが佐々木には気に入って、それが決め手となった。

深呼吸とともに、佐々木はリビングをぐるりと見回した。

二人で一年近くを暮らした部屋。

飽きるほど愛し合ったリビングも、キッチンも、バスルームも、ベッドルームも。

すべてを覚えておきたかった。

忘れ物がないかを確認したついでに手早く支度を終えた佐々木は、ソファに沈み込んでいる吉野《よしの》に視線を向けた。

「じゃ、俺」

のろのろと、吉野は視線を上げる。

「……そろそろ時間？　送っていこうか」

このところ、すっかり痩《や》せてしまった吉野が微笑《ほほえ》む。

佐々木が出ていくことをはっきり示してから、ひと月近く。

意外なことにこの恋人は、思っていた以上に反対しようとはしなかった。

吉野は案外すんなりと折れてくれて、それが嬉《うれ》しくて、そしてどこかで淋《さび》しかった。

もしかしたら、彼はもうすでに諦《あきら》めていたのかもしれない。

「いい」

しかし、その張り詰めた優しさに甘えていては、未練《みれん》だらけになってしまう。

「飯は、冷蔵庫にあるから」

「うん」

「みそ汁はちゃんとあっためて」

「わかってるよ、千冬《ちふゆ》」

ほんの少し、どこかに出かけるようなやりとりだけど。

こんなものが最後の会話になるのだ。

そう思うと、胸が締めつけられるように痛む。

自分の心の中にあるねじは、それこそ壊れてしまいそうだ。

夕食はフレンチを振る舞いたかった。

最後の晩餐《ばんさん》くらい、二人でゆっくり味わいたかった。

だけど、そうすればそうした分だけ、離れるのが辛《つら》くなる。怖《こわ》くなる。

だから。

手がかからないものを作るふりをして、刺身《さしみ》を用意しておいた。ことさら丁寧《ていねい》に魚をおろしたが、それは吉野に見られないように気をつけて……まるで出来合いのものを買ってきたふりをした。

ずっとずっと、離れずに一緒《いっしょ》にいたかった。

同じ夢を見ていたかった。

愛情がなくなったわけじゃない。それどころか、感情は日に日に募り、溢《あふ》れ出《だ》しそうだ。

どうしてこんなに愛《いと》しい人と離れなければならないのか。

愛情を秤《はかり》にかけねばならぬほど、自分は出来損ないの人間なのか。

そう思い知らされるのが惨《みじ》めで、そして辛い。

佐々木は気を取り直して己の荷物を手に取り、万感の思いを込めて吉野を見つめた。

できることなら最後にもう一度だけ伝えたい言葉がある。

けれども、その一言を言ったら、この部屋から出ていけなくなってしまうだろう。

——この先一生、愛していると。


何を言えばいいのか、吉野にはわからなかった。

突きつけられた決定的な別れを前に、混乱しきっている。

「……行かないで」

手を伸ばした吉野は、佐々木を抱き締める。

「どこにも行かないで」

だけど、佐々木は応《こた》えてはくれなかった。

軽い仕草で吉野を押しのけると、はっきりとした声で言い切った。

「——さよなら」

そして、思い出したように、吉野の掌《てのひら》に何かを落とす。

この部屋の鍵《かぎ》だった。

「……」

それは吉野の心に打ち込まれた鏃《やじり》のようだ。

おかげで、言おうと思っていた言葉が、すべてからからに干涸《ひから》びてしまう。

そして、佐々木はその扉をくぐり抜け、たった今出ていったのだ。

閉ざされたドアを見つめて、吉野はずるずるとその場に座《すわ》り込《こ》む。

——終わった……。

すべてが。

世界の終わりが来るときは、きっとこんな気分なのだろう。

体面とかメンツとか、そんなものにこだわるつもりはない。

いつでも夢を優先してほしい、一流の料理人になってほしいと言いながらも、それでも佐々木の選択を許せそうになかった。

なぜ自分のそばにいては、その夢が叶《かな》わないのかと、詰問《きつもん》してしまいそうな衝動が溢《あふ》れている。

「馬鹿《ばか》みたいだ……」

信じて、信じて、信じて裏切られた。

愛情の在《あ》り処《か》を信じていた。

人と人を結びつける感情の強さを、吉野は疑わなかった。

愛しているのに。たった一つ欲しいものは、彼の存在だけなのに。

心も身体《からだ》も、佐々木以外のものならば必要ない。

気落ちした吉野は、窓から彼を見送る気にもならなかった。

佐々木を見れば、追いかけてしまうだろう。戻ってきてほしいと、恥《はじ》も外聞もなく縋《すが》りついてしまいそうだ。

まだそこかしこに、彼のぬくもりが残っている。

追いかけることができなかった人の、息吹が。

「千冬……」

明日から、なんてものじゃない。

もうこの瞬間《しゅんかん》から、たった今から、自分は一人だ。

佐々木のいない世界で暮らしていくのだ。

吉野はぞくりと身震いをした。


じりりりりりりり。

目覚まし時計のベルに、一瞬《いっしゅん》だけ安らいだはずの神経が刺激される。佐々木ははっと飛び起き、時計を摑《つか》んだ。

午前八時。

昨夜《ゆうべ》は、新しいベッドのマットレスが固すぎて、よく眠れなかった。おそらく寝ついたのは、午前三時くらいだと思う。

寒くて眠れない夜は、いつも吉野のぬくもりがそばにあった。

吉野がいてくれれば、冷たい風さえも感じずにすんだ。

風呂上《ふろあ》がりにぺたぺたと歩き回ったせいで足が冷たくなると、吉野はいつも、佐々木に惜しげもなくぬくもりを与えてくれた。

「……ダメだ」

いけない。

吉野のことを思い出すべきではない。

無制限に甘やかされるその生活ほど、佐々木を蝕《むしば》むものはない。だから、離れることを選んだはずだ。

もう二度とあの温かさを得られないというのに、彼のことを思い出して何になるというのだろう？

立ち上がった佐々木は、洗面所に向かう。蛇口《じゃぐち》を捻《ひね》って冷水に手を突っ込むと、そのひやりとした感触に一瞬《いっしゅん》震えたが、気にせずにわざと乱暴に顔を洗った。手を伸ばして引っかけてあったタオルを取り、それで濡《ぬ》れた皮膚《ひふ》を拭《ぬぐ》う。

見れば見るほど、殺風景《さっぷうけい》な部屋だった。

仁科《にしな》のおかげで相場よりも若干《じゃっかん》安く借りられた1DKは、佐々木の意向どおり、キッチンをもっとも重視している。ユニットバスになるのはかまわなかったし、吉野の部屋に越してくる前の三軒茶屋《さんげんぢゃや》のアパートでは風呂《ふろ》なしで銭湯《せんとう》に行っていたくらいだから、部屋に風呂があるだけで有り難かった。

パイプベッドと安物のカラーボックス。そこに入りきらなかった料理書と、吉野が「たぶん必要だから」と押しつけた新しいテレビが床に置かれたままだ。狭い部屋はそれだけしかなく、一方、ダイニングには所狭しと調理器具が並んでいる。作りつけのクローゼットに洋服も入れることができたものの、ここはがらがらだった。

これまで住んでいた部屋が分不相応《ぶんふそうおう》に豪華《ごうか》だったといえばそれまでなのだが、自分が選んだ道の険しさを象徴しているようだった。

不幸中の幸いというべきことは――荷物が少なかったことと、必要とする家具があまりにも少なかったせいで、予想していた半分ほどの額で、引っ越しをすませることができたという事実くらいだろう。

この先、やわらかで居心地のいい繭《まゆ》は、もう必要ない。

恋愛だけに生きていけるほど、佐々木の夢はなまなかなものではなかった。

ただ胸を締めつけるような恋にだけ溺《おぼ》れて生きていけるのなら、それはそれで美しいものだろう。楽しい一生かもしれない。

しかし、佐々木にはその道を選ぶことなど、どうしてもできない。

「……よし」

佐々木は自分の頰《ほお》をぱん、と叩《たた》く。

まだ濡《ぬ》れている肌《はだ》から飛び散った水滴が、鏡を濡らした。

今日も、一日頑張《がんば》ろう。

一つ一つのささやかな積み重ねが、この先の佐々木の未来を形作っていくのだから。


「吉野さん、ひょっとして……痩《や》せたんじゃないですか」

「えっ……ああ、そうですね」

打ち合わせから帰る途中のことだ。

廊下《ろうか》まで見送りに出た社員に唐突に指摘されて面食らったものの、吉野は咄嗟《とっさ》に取《と》り繕《つくろ》った表情を作る。

「最近、ちょっと忙しかったから……食事が不規則になっていたかもしれません」

「それはいけませんね。身体《からだ》が資本ですから」

「そうですね。少し気をつけます。じゃあ、またご連絡します」

「お待ちしてます」

慇懃《いんぎん》に頭を下げる相手から視線を逸《そ》らし、吉野はゆっくりとした足取りでその場を立ち去る。

痩《や》せたという自覚は、あった。

食欲が、欠片《かけら》もない。

以前ならば少しは気をつけていたのだが、佐々木がいなくなった今は、吉野も野放し状態という感じだった。

自然とものを食べる意欲もなくなり、食事は前にも増して疎《おろそ》かになった。

サラダやフルーツ、ヨーグルトを口にしようとするのだが、それだけでは栄養になるはずがない。クラッカーやチーズで間に合わせていてもたかが知れており、気づくと吉野はだいぶ体重が落ちてしまっていた。

情けない。

このままではワイシャツもスーツも、買い換えねばならないかもしれない。

佐々木が立ち去ってから、まだ数日しか経《た》っていない。しかし、そのダメージは何よりも大きく吉野の心を蝕《むしば》んでいた。

一番大切なものを奪われるという事態を、まともに認識したことはなかったのだ。

佐々木のために別れようと思ったことはある。

しかし、あのときは、佐々木がそれを拒絶した。

だからこそ吉野は、彼に愛され、必要とされているという自信を持つことができたのだ。

今は違う。

佐々木は吉野を見限り、吉野がそばにいると成長できないのだと、切って捨てた。

傍《かたわ》らにいるだけで彼の夢に仇《あだ》することになるのかと、吉野はひどく落ち込んだものだ。

その落ち込みから、情けないことに自分はまだ、脱しきれていない。

つい昨日も学生時代の友人である山下《やました》から電話があり、飲み会に誘われたばかりだ。しかし、それもわざわざ出かけていく気分にはなれなかった。

自分では気丈に振る舞っているつもりであっても、それを見抜いてしまう人間というのは少なからずいる。

彼にこんなふうに痩《や》せ細《ほそ》った姿を見せたら、いらぬ心配をかけるに決まっていた。

だからこそ元気にならねばいけないのに、そうできないのは、傍らに佐々木がいないせいだ。

そして、彼があまりにも簡素に別れの儀式《ぎしき》をすませたせいだ。

吉野をあっけなく切り捨てた。

一年半以上つきあってきた恋人を捨てるのに、躊躇《ためら》いなどなく。

わかっていたのだ。

佐々木は料理を捨てられない。たとえ恋人を失ったとしても、彼は料理を選ぶだろう。

己の目標を定め、真《ま》っ直《す》ぐに生きてきた彼の目の前に、自分が割り込んだだけだ……。

自虐的《じぎゃくてき》な考えに踊らされ、吉野は自身の心の傷をよりいっそう抉《えぐ》っていく。

悪循環だった。

今日は直帰するからとオフィスの同僚《どうりょう》には伝えてあったため、吉野はのろのろとした足取りで自室へと戻った。

佐々木と二人で歩いた並木道。やけに風通しのいい右肩が淋《さび》しくて、吹きつける北風がよけいに吉野を冷やしていく。

自分の心はこんなにも冷えてしまった。

佐々木がいなくなってしまったから。もっとも愛する人を失ったせいで。

ドアを開けると、しんと沈んだ深海のような空気が漂っている。

「……ただいま」

いるはずのない相手に向かって、そう言葉をかけてみる。

まだ……まだ、信じている。

今日こそ帰ってくるだろうか。明日は戻ってきてくれるだろうか。

そんなわずかな期待を捨てきれずに、吉野は日々を過ごしている。

脱いだコートをソファに投げ捨て、吉野は電話を見やる。着信のライトは点灯したままで、それはメッセージが一件もないことをごく端的に示していた。

「千冬……」

忘れられない自分が愚《おろ》かなのか。

佐々木を失えないと意固地になり、たった一つの恋に身を焦《こ》がすうちに、自分自身が見えなくなっているだけなのだろうか。

けれども、まるで運命に導かれるように出会ってしまった大切な相手を、どうやって忘れ去ることができるだろう。失ったあとも、何もなかったような顔で平然としていられるだろう。

佐々木の部屋に行こうか。

考え直してほしい。戻ってきてほしいと、頼《たの》んでみようか。

だけど、それが何になるというのか……。

どれほど願ったところで、彼を取り戻すことはできない。

あれほど無様《ぶざま》に縋《すが》りついたところで、ダメだったのだ。

せっかく綺麗《きれい》に最後の別れを告げることができたのだから、これ以上みっともないところを、佐々木に見せたくはなかった。

もう――佐々木は戻ってこない。

どれほど願っても望んでも、彼は帰ってこないのだ。

吉野が肌《はだ》で学び取ったのは、残酷《ざんこく》なまでに厳然とした事実だった。

「……っ」

ぞくりと身震いをした吉野は、強い感情が込み上げるのに気づいて、思わず口を覆う。

胃の底をあぶるようにして頭をもたげてきたそれは、悲しみではなかった。

――怒りにも似たもの、否、怒りそのものだった。

憎むまい、考えるまいと思っているのに、自分に何一つ相談してくれなかった佐々木への苛立《いらだ》ちが募ってくる。

このままでは憎悪すら生まれてしまいそうだ。

佐々木を。

誰よりも愛しているあの人を、憎んでしまいそうだ。

「ダメだ……」

呻《うめ》くように呟《つぶや》き、吉野は壁を拳《こぶし》で殴《なぐ》りつけた。

「三番テーブルのポワソン、まだですか」

カウンター越しにギャルソンに促されて、佐々木は顔を上げた。

「できました」

盛りつけたポワソンにソースをかけ、皿に汚れがないか点検する。つけあわせのフォルムにまで気を配った一品は美しく、佐々木はそれに満足していた。

「どうぞ」

優雅《ゆうが》な食卓《しょくたく》が構成されているはずのフロアとは違い、厨房《ちゅうぼう》はまるで戦場のような慌《あわ》ただしさだ。

オーダー通しを間違えたせいで料理の手順が狂ったと、島崎《しまざき》がギャルソンの一人を叱《しか》りとばしている声が聞こえたが、それに耳を傾けている余裕はない。

この忙しさの中に身を置いていると、少しだけ気が紛《まぎ》れる。

吉野の部屋を出てから、どれくらいの日にちが経《た》つのかを、佐々木はあえて数えていなかった。数えれば数えた分だけ、彼への未練《みれん》が募るような気がしたからだ。

今の佐々木にできる唯一の事柄《ことがら》は、自分が選んだ道を貫き通すこと——すなわち、エリタージュで学ぶべきことを学び取り、その後はレピシエを再開させるだけだ。

エリタージュでシェフ・ソーシエ、もしくはスーシェフくらいまで勤め上げれば、それだけで食通のあいだでは箔《はく》がつく。ここで培《つちか》った知識と技術があれば、小さな店を一軒《けん》切り盛りすることくらいはできるはずだ。

だから、今は。

吉野のことも忘れて、大切な愛情を最後の一欠片《ひとかけら》すら失って、それでも生きていかなくてはいけない。

それが佐々木にできる、唯一のことだった。

仕事が終わると、佐々木は率先《そっせん》して厨房《ちゅうぼう》の片づけを始める。今までだって頑張《がんば》ってこなかったわけではないが、もうここにしか戻れないのだと思うと、一年以上勤めている職場が、ことのほかいとおしく思えた。

「いやに張り切ってるじゃないの」

スーシェフの清水佳美《しみずよしみ》に声をかけられて、佐々木は明らかに戸惑《とまど》った表情を浮かべる。

しかし、頑張っていることは事実なのだからと、こっくりと頷《うなず》いた。

「新年からとばしすぎて、息切れしないといいけど」

「――気をつける」

清水の言葉には棘《とげ》があるし、それがただの嫌味《いやみ》だとわかっている。きりっとした顔立ちの女性だったが、佐々木には何かと意地悪に突っかかってくるのだ。

「……素直《すなお》すぎるのも気持ち悪いわ」

この店にいる唯一の女性従業員は、そう呟《つぶや》くと、再び片づけに没頭《ぼっとう》し始めた。

後輩の康原《やすはら》は、前にも増して元気に働いている。彼の屈託《くったく》のない明るさに当てられて、自分もペースを乱しているのかもしれない。

空元気《からげんき》だなんて、思われたくなかった。

一人きりの生活は、淋《さび》しい。だけど、指一本動かすのも嫌《いや》になるほどくたくたになって帰ってくると、その侘《わ》びしさを意識せずにすむ。一人きりで暮らす淋しさを感じずにすんだ。

本当はふとした拍子《ひょうし》に、生々しい記憶《きおく》が甦《よみがえ》ってしまう。

吉野のキス。

佐々木の身体《からだ》をどこもかしこも味わった、あの繊細な唇《くちびる》と指と。

「佐々木さん」

ぽんっと肩を叩《たた》かれて、佐々木ははっと我に返る。

気づくとロッカールームで、佐々木は一人呆然《ぼうぜん》と立ち尽くしているところだった。ほかの同僚《どうりょう》たちは皆、帰宅してしまったらしい。

「康原……」

「風邪《かぜ》ですか？　顔、真っ赤ですよ？」

「いや、なんでもない」

康原に触れられた部分さえも、熱い。

佐々木の心までも慰撫《いぶ》しようとした吉野の指先とはまったく違うが、他人に触れられることを生々しく意識し、佐々木はかっと赤面した。

そして、思い知る。

自分がかなぐり捨ててきたものは、そんなささやかな日常なのだと。

もう取り戻せない。

少なくとも、自分がレピシエを取り戻すまでは、手に入れることなど許されぬ日々だ。

「なんでもないって……耳まで赤いけど」

「大丈夫だから」

俯《うつむ》くように、佐々木はそう告げる。

身体《からだ》じゅう、とろとろに溶かされたい。

互いの輪郭《りんかく》を描《えが》くことさえできなくなるほど、身体の境界など忘れるほどに抱き合った日々は、今や、遥《はる》かに遠かった。

深夜、エリタージュにやってきた仁科は、料理長室で書類を繰《く》っている島崎の姿を認めて微笑を浮かべた。

「やあ」

「……オーナー」

さしたる驚きを見せることもなく、島崎は口元に笑《え》みを刻んだ。峻厳《しゅんげん》な男が時折見せる笑みは、優しい。

「本日の営業は終了しましたが」

「わかっている」

ただ、この店の空気を嗅《か》ぎたかった。

時折訪れる、不可解な衝動。

「お食事をなさりたいと言っても、オーブンの火は落としてしまいましたし」

からかわれているのだと、仁科にもわかる。

もっともここで料理をリクエストしたところで、島崎は顔色一つ変えずに、仁科にフルコースを振る舞うことだろう。時間はかかるかもしれないが、それが島崎という男の流儀《りゅうぎ》だった。

「では、ワインでもいかがですか」

「いや。今日は車なんだ」

仁科が素っ気なくそれを断ると、島崎はそこでようやく不思議そうな表情になった。

「それで、ご用件は？」

「佐々木くんのことを、聞きたくてね」

「頑張《がんば》っているようです」

即座に島崎はそう答えた。

普段ならばもっと手厳しい言葉が返ってくるのだが、そうでもないということは、まずまずの結果を生み出しているらしい。

「そうか……それはよかった」

「オーナーもご自分の眼鏡違《めがねちが》いではないかと、さぞや心配なさったでしょう」

吉野と離れて一人暮らしをすると聞いていたが、その成果は上がっているようだ。

彼が一心不乱に料理の道を目指すのであれば、それを阻《はば》む理由はない。

「そろそろソーシエにはなれそうか？」

「まだわからない、というのが正直なところですね。彼の料理はまだ不安定ですから」

「なるほど」

わずかに掠《かす》れた声を舌先で転がす。

苦い気配に、二人はしばし押し黙った。

「フレンチレストランからは、手を引かないんですか」

「どうして？」

「このご時世、イタリアンを手がけていたほうがいいでしょう」

都内のフレンチレストランは淘汰《とうた》され、名店と呼ばれた店は少しずつ減少している。その一方でビストロやカジュアルフレンチの店は増えており、エリタージュは時代の趨勢《すうせい》にそぐわない店になりつつあった。

「それでも、一流の店と一流の味は存在する価値がある」

仁科の中にある、割り切ることのできないいくつかの感情。

理想論であったとしても、かまわないのだ。

「料理長の君にわかってもらえないとは、淋《さび》しいね」

「申し訳ありません」

声音一つ変えることなく、島崎は応じた。そして再び、本題へと話を戻す。

「――佐々木はここのところ、非常によくやっています。ですが、実績がない」

ああ、と仁科は相づちを打つ。

「以前も少し上り調子になると思えば、がたがたに崩れた。その繰り返しで、少しずつ進歩は見られていますが、ほかのスタッフに比べればあまりに遅い進歩です」

「だろうね」

「センスだけでやっていけるほど、厨房《ちゅうぼう》というシステムは甘くない。彼にはまだまだ、そのことを学ぶ必要があります」

「店の中のことは、君に任せる」

仁科はぽん、と島崎の肩を叩《たた》いた。

「根気よく育ててくれているようで、助かるよ」

それには何も答えることなく、彼はただ静かに微笑するだけだった。


「うわ、これ甘くて美味《おい》しい〜！」

如月睦《きさらぎむつみ》は弾《はず》んだ声を立てて、友人の藤居健太郎《ふじいけんたろう》に笑いかける。それだけで藤居は真っ赤になるのだから、如月は彼のその反応が気の毒にすらなる。

「焼《や》き林檎《りんご》は、材料が古い林檎のほうが美味しくできるんですよ」

「シナモンの香りが効《き》いてていいよねっ。超美味しい！」

あつあつの焼き林檎にミルクティ。

シナモンの香りが高く、林檎の上で溶けている生クリームが、このうえなく食欲をそそる。自他共に認める甘党の如月には、堪《こた》えられない逸品《いっぴん》だった。

新米だが、パティシエとして『カルミネ』で働くだけあって、藤居の作るお菓子《かし》はどれもが美味しい。ときどき失敗して焦《こ》がしたりもするが、それは愛嬌《あいきょう》というものだ。

普段は忙しく働く如月にしてみれば、こうして藤居と会って美味しいお菓子をごちそうしてもらうのは、つかの間の休息をも意味している。

如月に片思いしているのだと告白してきた藤居は、まだ如月を諦《あきら》めていないらしい。

それが気の毒なのだが、恋愛感情ばかりは自分でコントロールできないのだから、仕方がなかった。

「カルミネ、どう？　楽しい？」

「客足もだいぶ落ち着いてきたし、デートスポットって感じじゃないけど……充実していて、いい職場ですよ」

フレンチとイタリアンという土壌《どじょう》は違っても、安くて美味《おい》しい食事を供するカルミネに、かつてのレピシエは太刀《たち》打《う》ちできなかった。

徒歩で数分も離れていないという距離が災いし、レピシエは閉店の憂《う》き目《め》に遭《あ》うことになったのだ。

「あ……でも、最近、マネージャーが替わったんです」

ちまちまと焼《や》き林檎《りんご》を食べながら、藤居はそう言った。

いちおうは年上の如月に敬意を払っているのか、彼はいつまで経《た》っても敬語のままだ。

「マネージャーって、絵衣子《えいこ》さん……だよね。どうしたの？　結婚したとか？」

「いえ、なんか社長が忙しくて手が足りないからって、秘書に呼び戻したらしいです」

「ふうん……」

あの仁科が、忙しくて手が足りないと言いだすことが珍しくて、如月は考え深げな表情になった。

何かまた、よからぬことを企《たくら》んでいるのだろうか。

絵衣子は有能なマネージャーだというから、カルミネが軌道《きどう》に乗った今、もうこれで大丈夫だと判断して呼び戻した可能性もある。

しかし、その一方で、彼が何か大きな計画を抱き、そのために仕方なく絵衣子を呼び戻したとも考えることはできた。

「あまりにも急なので、森村《もりむら》さんも驚いてましたよ」

「だろうね。誰が新しいマネージャーなの？」

「仁科さんのオフィスから来た、倉沢《くらさわ》さんっていう人。けっこう若いんですよ」

藤居はそこまで言うと、はにかんだように笑った。

十二月、文字どおり身も心もぼろぼろになってこの部屋にやってきた佐々木の悲しげな顔。

それはすべて、仁科が佐々木をあそこまで手ひどく追い詰めたせいだと、如月もよく理解している。

食えない男だと、人はごく当たり前のように仁科を評価する。

何を考えているのか、ちっともわからない。

それでも、仁科は如月には優しい。

レピシエを再開できるようにと、あらゆる助力をしてくれる。

だけど、その真意がわからない。

善悪の二つの色分けで人を区別できるとは思っていない。

如月にとって、仁科は未知の人物だった。


定休日。

久しぶりに惰眠《だみん》を貪《むさぼ》っていた佐々木は、夢とうつつの狭間《はざま》であれこれと考え事をしている最中だった。以前であれば、こんな日はセレブリテへ向かうのが常だったものの、ここのところあの店から足が遠のいている。

自分が料理を見失い、そして仁科が、雨宮《あめみや》を連れてエリタージュに訪れたあの季節から。

セレブリテに行きたい。雨宮の料理を味わえば、きっと勇気が出ることだろう。

他人を癒《いや》せる、優しい味わいを思えば。

だけど、今の雨宮は仁科のものだ。

ほかの男に出し抜かれた無様《ぶざま》な自分を雨宮に見せたくなかったし、それ以上に、今は彼の料理を食べる気持ちにはなれなかった。

外は雨が降っているのか、窓ガラスを雨滴が叩《たた》く。

吉野のために、美味《おい》しい夕食を作ろう。

一日働いて疲れて帰ってくる大切な恋人が、その美貌《びぼう》と健康を損なわないように。

「吉野……さん……」

久しぶりにその名前を呼んだ佐々木は、自分の声ではっと目を覚ました。

「吉野さん……」

がばっと身を起こしても、狭いシングルベッドに満ちているのは佐々木一人の体温のみだった。

吉野がそこにいた余韻など、当然のことながらどこにもありはしない。

「――――」

佐々木はふうっとため息をつき、ベッドの上に座《すわ》り込《こ》んだまま、力無く項垂《うなだ》れた。

せっかく忘れかけたのに。

じつのところ、まだ己の気持ちを摑《つか》みかねていた。

あまりにも幸せな日々が続きすぎて、佐々木はよくわかっていなかったのだ。

別れるということが、どういう定義のもとに名付けられるのか。

別々に暮らしても、恋人同士でいることはできたかもしれない。

実際、そういうカップルもいるだろう。

しかし、それではダメなのだ。

限界まで追い詰められて、何もかも失って、そこで勝負したかった。

自分自身からよけいなものを引《ひ》き剝《は》がし、ただ佐々木は己の腕のみで勝負したい。

一つの道を究めるというのは、そういうことなのだ。

そのために吉野が……邪魔《じゃま》だったのだろうか。

だから別れたのか……？

「違う」

布団《ふとん》に突っ伏し、佐々木は呻《うめ》いた。

心が痛んでないと言えば、それはすべて虚偽《きょぎ》の告白でしかない。

忘れようと努め、そう振る舞っているあいだは、彼を忘れたことになどならない。

自分でも信じられないほどに、彼を愛しているのだ。

その気持ちはずっと変わらない。

それほどまでに、初めての恋は佐々木を縛《しば》りつけていた。

今頃あの綺麗《きれい》な男はどうしているだろう。

誰よりも優しく、そして誰よりも脆《もろ》い吉野という男は、佐々木を失った今、どうやって暮らしているというのだろう。

きちんと食事を摂《と》っているだろうか。

佐々木がいなくなったからといって、また不健康な食生活を続けているのかもしれない。

本当に美味《おい》しいものでなければ何を食べても一緒《いっしょ》だと言い切る吉野は、佐々木自身が驚くほど、己の食事には無関心なのだ。

それが怖《こわ》くて、そして悲しい。

吉野のために何もできないということが。

写真の一枚でも持ってくれればよかったのか？

だけど、佐々木に必要なのは薄っぺらな紙片ではなく、吉野の存在と体温だ。彼の汗《あせ》であり、やわらかな唇《くちびる》の感触だった。

5

フレンチレストラン――エリタージュ。

オープン当初の喧噪《けんそう》はすでに去り、一年も経《た》てば予約なしの飛び込みで食事ができることも多い。それでもドレスコードとしてネクタイ着用は必須《ひっす》だし、食事をするのには覚悟が必要だ。

もともとは華族《かぞく》の屋敷《やしき》だったという洋館の前に立ち尽くし、吉野《よしの》は逡巡《しゅんじゅん》していた。

ここに来れば、佐々木《ささき》の料理を食べられる。

フロアを優雅《ゆうが》に行き来するギャルソンたちは吉野と佐々木の関係を知らないし、料理長ならまだしも、裏方に徹するはずの料理人が呼ばれもしないのにフロアに出てくることは、まず考えられない。

彼に知られることなく、食事をすることは容易《たやす》い。

飢《う》えて渇いたこの身体《からだ》に、一滴の安らぎを与えてほしい。

だが、店に足を踏み入れるためのその勇気がなかった。

「――馬鹿《ばか》だな……」

ここ数日で何度も何度も呟《つぶや》いた、自嘲《じちょう》の言葉。

佐々木の部屋にこそ押しかけなかったものの、その衝動を堪《こら》えるのに苦労したのは、厳然たる事実だ。

結局、まだ受け入れかねているのだ。

吉野には理解できなかった。

言葉の上ではわかると言いつつも、実際には何も。

愛し合っている二人の人間が、どんな理由で引き離されなければならないのか。

そんな事態が己の身の上に降りかかってくるとは、思ってもみなかったためだ。

とはいえ、これ以上、この場所にいても仕方がない。

己が惨《みじ》めになるだけだ。

吉野はきびすを返し、ゆったりとした足取りで歩き始める。

そのとき、不意に胸ポケットに入れておいた携帯《けいたい》電話が震え、吉野はそれを取り出した。

「はい」

「あ、吉野さん……ですか？　佐々木です」

きびきびとしゃべる女性の声には、確かに聞き覚えがある。

佐々木琴美《ことみ》。

佐々木とは、少しだけ年齢の離れた妹だった。彼とよく似た顔立ちを持つ女性の姿を思い描《えが》くと、わずかに胸が痛んだ。

「何か」

「以前、兄さんの写真の話をしたでしょう？　あれ、実家から持ってきたんです。今度、お見せしたいと思って」

今さらだ。

今さら、彼の幼《おさな》い頃の写真など見たところで、何になるというのだ。

まだ癒《い》えていない己の傷を鈍いナイフで抉《えぐ》り、さらに苦痛を大きくするだけではないか。

なのに、吉野は己の思いとは別に、勝手に答えを返していた。

「ありがとうございます。よかったら、また会えませんか」

喉《のど》から手が出るほど欲しいのは、他人の優しさだ。

吉野もまた、傷ついていた。

佐々木にはきっとわからないだろう。

仁科《にしな》という友人に裏切られ、そして恋人を失った吉野が、どれほどの深い失意の中にいるか。

佐々木と違い、吉野は己の仕事に生きていく決意ができないのだ。

いつでも享楽的《きょうらくてき》で刹那的《せつなてき》な道ばかり選んできたから、いざというときに、自分を支えてくれるものが見つからない。

一人きりになったときに、何をよすがとすればいいのかがわからない。

だからこそ、吉野は優しくされたかった。かりそめのものでもかまわない。

他人が与えてくれるぬくもりと、心を満たす甘い言葉の存在に飢《う》えている。

自分はこんなにも脆《もろ》い。

佐々木という砦《とりで》を失《な》くしてしまえば、吉野を繋《つな》ぎ留《と》めるものは何もない。

「俺とデートして、楽しいか？」

ハンドルを握った仁科は、相も変わらずつれない表情の男に話しかけた。

「デート、ですか。——だったら、あなたはどうなんです？」

助手席に座《すわ》った雨宮《あめみや》は、相変わらず素っ気ない。

「もちろん、楽しいよ。俺は君に興味があるからね」

この妙に淡泊《たんぱく》で意固地《いこじ》な男を相手にし始めて、そろそろ二か月が経《た》とうとしている。

普段であればこれほど粘《ねば》ることもないのだが、雨宮の料理は美味《おい》しいし、何よりもそのある種不可解な精神構造を気に入っていた。人からは「読めない」だの「食えない」だの評価される自分にも、その心理を摑《つか》み取《と》れない相手がいる。

　そのことが、仁科にはひどく意外だった。

　もともと仁科の職務は、依頼主《いらいぬし》のコンセプトに適《かな》った店を企画することや、行き詰まった店を立て直すことにある。

　気が向けばコンサルタント業務もするし、自らがレストランの経営に乗り出すこともある。だが、雨宮との関《かか》わりは、それらの業務とはまた一線を画した心情から生まれるものだった。

　自分は佐々木が嫌《いや》がることをして、楽しんでいるのかもしれない。

　だとすれば——まだまだ青いものだ。

　己の中にそんな感情が残っているとは、考えてみたこともなかった。

「ダッシュボードに封筒が入ってる。その書類を、見てくれないか」

　セレブリテが閉店したあと、白楽《はくらく》の自宅まで送っていくと言った仁科のことを、雨宮は特に拒もうとしなかった。

　彼は仁科の言葉に従い、封筒を取り出す。そこから分厚い書類を手に取ると、ぱらぱらとめくり始めた。

「これは……？」

「新しいビストロの企画書だ。もうずいぶん話が進んでいる」

本来だったら社外秘の書類を他人に見せることはない。

しかし、こうして夢というものが質感を持って現れてくるということを、雨宮に見せてやりたかった。仁科が語っているのは、絵空事《えそらごと》ではない。触れれば消える幻《まぼろし》ではなく、それは雨宮が望みさえすれば、現実となりうることなのだ。

「それがどうかしたんですか」

「実際、俺の作る店では、スタッフの名前なんてたいして関係ない」

信号が青になった。

アクセルを踏みながら、仁科は密《ひそ》やかに笑う。

「だけど、君がそれを望むのなら別だ。どんな扱いだってできる」

「僕は、望みませんよ」

雨宮は面倒くさそうに、窓の外に視線を投げかける。

「だとすれば、無欲なものだ。それとも、自分に自信があるのかな？」

「自信ですか」

すうっと深呼吸をした雨宮は、ふと曖昧《あいまい》な微笑を浮かべた。

「どう思われますか」

自信なら当然あるという答えを予測していた仁科は、その言葉に思わずたじろいだ。

「――――」

答えを保留したまま、雨宮は窓の外に視線を投げかける。

自分が相手にしているのは、やはり、想像よりもずっと手強《てごわ》い相手のようだ。

仁科は微《かす》かに笑っている自分自身に気づいていた。

「佐々木。なんか、シェフが呼んでるけど」

ソーシエの阿部《あべ》に呼ばれて、休憩《きゅうけい》をしていた佐々木は顔を上げる。

「料理長室に来い、だって」

「はい」

仕込みが一段落した時間で、開店にはまだ時間がある。

島崎《しまざき》のもとに客が訪れているのは知っていたが、いったいどんな用件なのだろうか。

「清水《しみず》さんも呼ばれてましたよね、確か」

佐々木の隣《となり》で雑誌を読んでいた康原《やすはら》は、不安げな面《おも》もちで耳打ちをする。

「うん」

佐々木と清水が犬猿《けんえん》の仲《なか》であることは厨房《ちゅうぼう》では誰もが知る事実だったが、どちらかといえば、清水が一方的に佐々木を嫌っている。そのため、彼女と同席するのは気が重かった。

厨房を出て、料理長室のドアを叩《たた》く。すると、「どうぞ」と向こうから声がした。

「……失礼します」

応接スペースのソファに座《すわ》っていたのは、月に一度は必ずこのレストランを訪れるという、常連客の矢内《やない》とその恋人だった。

彼らはポワソンが好きらしく、食事をするたびに佐々木を呼んだり、または伝言を残していくので、他人の顔を覚えるのが得手ではない佐々木も、その名前と顔は一致《いっち》していた。

「遅いぞ」

島崎の口調にわずかに咎《とが》めるような色が混じったが、それはすぐに消える。

「お二人とも、こちらがポワソニエ――魚料理を担当している佐々木です。何度かお目にかかったことがあるので、ご存じかと思いますが」

島崎に紹介されて、ドアのところにぼんやりと立っていた佐々木は、慌《あわ》てて頭を下げた。

「お世話になってます」

そんな佐々木に向かって、座《すわ》っていた女性ははにかんだように笑った。

「佐々木、こちらは矢内進《すすむ》さんと、斉藤紀子《さいとうのりこ》さん。今度、うちのレストランで貸し切りのウエディング・パーティをなさることになっている」

「ウエディング・パーティ……」

今までにその依頼《いらい》は何件かあったが、もともとエリタージュはそのような趣向《しゅこう》に使われるレストランではないため、極力引き受けないようにしている。設備や店の雰囲気《ふんいき》の面から島崎は断ることは多いのだが、それでも無理を押しても披露宴《ひろうえん》をしたいという常連のためだけに、貸し切りでウエディング・パーティが催されることがあった。

もともとウエディングは考慮《こうりょ》に入れていないため、そのような相談を引き受けるスタッフはいないし、挙式《きょしき》もほかの教会ですませてこなくてはいけない。だが、そうまでしてもエリタージュでパーティを開きたいということなのだろう。

「お日にちは」

「来月の七日です」

「おめでとうございます」

そういえば、だいぶ前からその日に貸し切りの予約が入っていたことを思い出し、佐々木は慇懃《いんぎん》に頭を下げた。

島崎の隣《となり》のソファに座《すわ》っている清水は、たいして面白《おもしろ》くもなさそうに話を聞いている。

佐々木を完全に無視する姿勢だった。

「矢内さんたちが、おまえの魚料理を気に入ってくれているそうだし……ぜひ、おまえにメニューを考えてほしいそうだ」

「え……」

思ってもみなかった事態に、佐々木は目を丸くした。

「かといって、おまえ一人では荷が重いだろうから、清水と相談するといい。無論、監修は私がする」

「進さんが、オーナーの仁科さんと大学の同級生だというものだから、つい我《わ》が儘《まま》を申し上げてしまって。本当に心苦しいんですけど……引き受けていただけます？」

「はいっ、光栄です」

紀子の控《ひか》えめな言葉に、佐々木は慌《あわ》てて頷《うなず》いた。

願ってもいない、大きなチャンスだった。

清水と一緒《いっしょ》というのが気になるが、ここでえり好みをしている場合ではない。

今度こそ、失敗することはできない。

ここで上手《うま》くいけば、ソーシエに昇格するきっかけも摑《つか》めるかもしれない。

「よろしくお願いします」

いつになくはきはきとした口ぶりになると、佐々木はぺこりと頭を下げた。

返った。

後ろ手にドアを閉めたところで突然声をかけられて、床を見つめていた佐々木は我に
「すっごいですね、佐々木さん」

ぎこちない足取りで、その場を辞す。

「失礼しました」


そこには、表情を輝かせた康原が立っていた。

「立ち聞きしていたのか」

「いや、その……たまたま通りかかったんだけど、料理長、声大きいし」

言い訳にすらならぬような言葉で釈明《しゃくめい》されて、佐々木は微《かす》かに首を振った。

「明日時間があったら、気分転換に俺の友達に会いませんか」

「おまえの？」

「うん。ほら、T証券に勤めてるって紹介しましたよね。柚木《ゆずき》さんってんだけど、いい奴《やつ》なんです」

「……それで？」

「資金運用とかしてもらうなら、いいかなって」

屈託《くったく》のない笑顔《えがお》を見せられて、佐々木は戸惑《とまど》った。

正直に言えば、そういうことには興味がない。角が立たぬように断らなければ、きっと

康原を傷つけてしまう。

「俺は、べつに」

佐々木は首を振った。

株絡《かぶがら》みの知り合いなんて、吉野のことを思い出してしまって、気が引ける。

今頃どうしているだろう。

彼は、穏やかな日常を送っているだろうか。

佐々木がいないことを、痛みとして感じてくれているのか。

その痛みすら感じなくなったとき、佐々木と吉野は、完全に他人となってしまうのだろう……。

「だって、この分だったらすぐにシェフ・ソーシエになって、レピシエ再開もできるかもしれませんよ⁉」

「……馬鹿《ばか》言うな」

だが、クールな言葉とは裏腹に、一瞬《いっしゅん》にして佐々木の心臓は期待に跳ね上がった。

確かに、そうだ。

この店で成功し、ひいてはレピシエを再開するということは、恋する資格を手に入れるということでもある。

だとしたら。

もし。

もし、佐々木がレピシエを取り戻すことができたら。

そのときにも吉野が一人だったら、二人はまた、新しい恋を始められるのだろうか。

粉々にした愛情の欠片《かけら》をすべて繋《つな》ぎ合《あ》わせて、また恋人としてやり直せるのか。

佐々木には、わからない。

もちろん、吉野が新しい恋人を作り、結婚するという可能性も承知している。

でも、今だけは、夢を見ていたい。

そうじゃなければ耐えられない。

愛《いと》しい恋人を失い、たった一人で生きていくということに。

自分自身の愚鈍《ぐどん》さも不実もすべて知ったうえで、佐々木はこの道を選んだ。

だから、後悔はできない。

けれども、また巡り合える日が来ることを望むことはできる。

あの美しい男の傍《かたわ》らで眠れる日が来ることを、祈るような気持ちで夢見られる。

そしてそのチャンスをこの手で作れるかもしれないと、佐々木の心はいつになく高揚し、希望で満たされていた。

昼休みのオフィスは暖かい空気に満ちており、緑《みどり》が淹《い》れてくれた緑茶の香りが漂っている。ぼんやりと頬杖《ほおづえ》を突いていた吉野は、「先輩？」と訝《いぶか》しげに尋《たず》ねられて、慌《あわ》てて食事を再開した。

あまり、食欲がない。

それでも人前ではいちおう食べているところを見せないと、皆に心配されてしまう。

「緑、ちょっと醤油《しょうゆ》取って」

「はい」

オフィスには醤油とソースだけは置いてあるため、吉野はそれを借りると弁当のおかずである天麩羅《てんぷら》にかけて、食べ始めた。まだもう少し手直ししたい文章があったので、行儀《ぎょうぎ》が悪いとは知っていたものの、ディスプレイを眺《なが》めながら食事を摂《と》る。

少し味が薄いな、ともう一度醤油をかけると、「ちょ、ちょっと、先輩！」と緑が突然鋭い声をあげた。

「え……どうかした……？」

「いくらなんでも、かけすぎじゃないですか？　天麩羅、真っ黒」

その言葉に視線を落とすと、醤油で染まってしまった天麩羅が転がっていた。

「——ホントだ」

「いくら振られたショックでぼーっとしてるからって、そんなにお醤油かけることないでしょ」

あまりに緑が怒るため、おずおずと一口食べてみたが、そんなに塩辛くはない。

「うん、でも食べられる範囲だから平気だよ」

「もう、そういうやせ我慢って格好悪《かっこわる》いんだから」

吉野がそう返したのを緑は強がりだと受け取ったらしく、ため息をつく。いつも残り物を有効活用している緑の弁当は美味《おい》しそうで、吉野はほんの少しだけ羨《うらや》ましくなった。

佐々木がいなくなったあとの生活は、吉野にとっては憂鬱《ゆううつ》な時間の積み重ねでしかなかった。食事なんていつも砂を嚙《か》むようなもので、忙しさに任せて働いているうちに、やがて食事そのものに興味がなくなってくる。

どんな食卓《しょくたく》の光景も、佐々木との記憶《きおく》に繫《つな》がってしまう。

だからこそ自分は、食事することをことさらに鬱陶《うっとう》しいと感じているのかもしれない。

「まあ、前より仕事頑張《がんば》ってくれてるからいいですけど。でもね、突然頑張りすぎて、倒れられたら元も子もないもの」

「わかってるよ。ごめんね、緑」

吉野が笑うと、緑は困ったように小首を傾《かし》げ、そして立ち上がった。

「お茶、お代わりするでしょ？　その天麩羅《てんぷら》、見るからにしょっぱそうだもん」

「ありがとう」

本当に、どうにかしなくちゃいけない。

佐々木のことを忘れて。忘れて、リセットして、もう何もなかったことにしよう。

そうでなければ、後ろめたい負の感情に囚《とら》われてしまいそうだ。

「でも食生活が不自由なら、実家に戻るっていうのはどうですか？　横浜《よこはま》なら、通えないこともないいんじゃないですか？」

「片道一時間くらいはかかりそうだからね。それに……」

吉野はそこで言葉を切った。

「……こっちにいたほうが、仕事は楽だし」

「今度は仕事を恋人にするわけ？　なんかそれも灰色の青春って感じ」

「緑だって、人のことをあれこれ言える立場じゃないだろ」

今の吉野に残されたものは仕事だけで、それ以外に没頭《ぼっとう》するものを持たない。会えば今の恋人はどうしているのかと問う友人も、ここぞとばかりに見合いを勧めてくるであろう両親も、鬱陶《うっとう》しくて仕方がない。

そんなことを考えながら、吉野は残りの天麩羅《てんぷら》を口の中に放《ほう》り込《こ》んだ。

「ねえ、あなたちょっと聞いてる？」

ぽんっと丸めた書類で頭を叩《たた》かれて、仁科は不機嫌な表情で顔を上げた。

目の前には、仁科よりもずっと機嫌が悪そうな森村絵衣子《もりむらえいこ》が立っている。

「ああ……何か？」

「何、じゃないわよ。このあいだのビストロの件。話がちっとも進まないって、スポンサーがお冠《かんむり》よ」

「そうだったな」

仁科は薄く微笑《ほほえ》む。

最近までお目付け役のいなかった仁科の仕事の能率は低下気味で、いいサポート役が必要との判断がなされた。スタッフ一同の意見で、絵衣子はカルミネ本店のマネージャーを一時休業し、今は仁科のサポートに回っている。

もともと仁科の仕事のほとんどを俯瞰《ふかん》してきた絵衣子だけに、勘《かん》を取り戻すのにはたいして時間を必要としなかった。

おかげで仁科がサボっていると、すぐに首根っこを捕まえて文句を言いに来る。

つきあいが長いだけに、仁科がサボっているかそれとも働いているのか、その雰囲気《ふんいき》でわかってしまうらしい。

「このままじゃスポンサーに逃げられちゃうわ。趣味《しゅみ》に走るのもいいけど、ちゃんと仕事をしてちょうだい」

「わかってるよ」

趣味《しゅみ》に走ったつもりはない。

というよりも、仁科にとっては仕事が趣味で、生活はその延長線上にある。

もっとも、一番好きなことはほかにもあるのだが。

「それから、投下資本と損益計算の結果が出たから、あとでチェックしてみて」

「了解」

「明日は午後から、カルミネ横浜店のオープニングパーティよ。マスコミにも情報を流してあるし、こっちの手はずは調ってるから、サボらないように」

「俺がサボったことはないだろう」

「そうなんだけど、最近のあなたを見てるとちょっと心配なの。わかる？」

絵衣子は形のいい眉《まゆ》をひそめて、仁科をきつく睨《にら》みつける。もともとが知的な雰囲気《ふんいき》の美女であるだけに、その表情はかなり迫力があったが、そんなことを言ったらあとで仕返しをされかねない。

「わからないね」

あらゆる感想を封じ込めて、仁科はきわめて簡潔に言い捨てる。

高校時代からの知人という腐《くさ》れ縁《えん》の相手を前に、遠慮《えんりょ》など無用のものだった。

「だって、このごろのあなたときたら、新しい遊びを覚えた子供みたいなんだもの。いったい、何がしたいの……？」

絵衣子に尋《たず》ねられて、仁科は口元を綻《ほころ》ばせた。

他人の人生を変えてみたいなんて、大それたことを考えてはいない。

だが、彼らの行く先は確かに変わるだろう。

羅針盤《らしんばん》を持たぬ者には、正確な航海などできようはずもないのだ。

「新しいレストランを作りたい。それだけだ」

「そんなことなら、何度だってしているじゃないの」

「……そうだな」

彼女に理解してもらう必要など、ない。

結局のところ仁科は、他人の理解など求めぬ人種だった。

求めないからこそ、諦《あきら》めなくていい。

仁科は一人で、自分の宇宙を見つめて生きていくことができる。

退屈《たいくつ》だから新しい城を造っては壊し、そしてまた造る。その繰り返しだ。

そうでなければ、仁科は楽しみを見いだすことなどできないのだ。

仁科にとって、人生は無意味に長い。

ウエディング・パーティのメニュー、か。

島崎が佐々木に突きつけてきた難題は、それでいてやり甲斐《がい》のあるものだった。

「っと」

帰り道に青山《あおやま》に寄って、遅くまでやっている書店で料理書や結婚関係の雑誌を、何冊も仕入れてきた。

それがあまりに重くて、玄関先で自分が脱いだスニーカーに蹴躓《けつまず》く。

以前だったら、ここですっと吉野の手が伸びてくる。

佐々木が怪我《けが》なんてしないように、いつも先回りの優しさを見せる。

きゅうっと胸が疼《うず》いた。

吉野のことを考えると、身体《からだ》の奥が熱くなる。

触れられることを忘れた身体が、他人の体温を求めて暴れだす。

吉野の肉体に繋《つな》ぎ留《と》められ、暴虐《ぼうぎゃく》にも等しい快楽を貪《むさぼ》った日々を思うと、それだけで頬《ほお》が火照《ほて》ってくる。

「……くそ」

やっぱり欲求不満なのかもしれない。

吉野に——抱かれたいと思う。

くちづけられ、貪られ、存分に蹂躙《じゅうりん》されたい。

いくら料理に夢中になっているとはいえ、自分だって二十代の健全な男なのだ。ひとたび吉野に教えられた快楽。

それを忘れるのは、無理な注文だった。

佐々木は買ってきた料理書を、注意深くベッドの上でひもとく。

それぞれに癖《くせ》のある匂《にお》いのインクで刷られたページはどれもが綺麗《きれい》で、そして華《はな》やかだった。

料理のために何もかも捨てた自分が、他人の愛情を祝う食事を作る。

それはある意味で、皮肉な選択《せんたく》だった。

清水だって、結婚し、子供を育てながら厨房《ちゅうぼう》に立っている。

なのに、自分は……。

気分転換もかね、籠《こ》もっていた空気を入れ換えるために窓を開けて、佐々木は桟《さん》にだいぶ埃《ほこり》が溜《た》まっていることに気づく。

これまで、そんなことに目を留めたりしたことはなかった。

部屋を掃除するのはいつも吉野の務めで、こうしてあたりを見回すと、雑然とした室内は妙に汚らしく見えてきた。

ここには、吉野がいない。

――どこにもいないのだ……。

改めて、佐々木の胸に突き刺さったままだった棘《とげ》が、ちくちくと心臓を刺激する。痛くて痛くてたまらなかった。

佐々木は小さく首を振って、買ってきた雑誌をぱらぱらとめくる。

これまで佐々木は、レストラン・ウエディングに関《かか》わってきたとはいえ、それは料理をただ作るだけの裏方としての役目しか果たしたことがなかった。

それゆえに、当のカップルが、どうすれば喜んでくれるかがよくわかっていない。

結婚……。

二人で一緒《いっしょ》に暮らす人間の、約束。

新しい門出《かどで》とか、社会的な責任とか、佐々木が考えたことのなかった文字ばかりが並んでいる。ちかちかと目眩《めまい》がしてきそうで、佐々木はふーっとため息をついた。

潔癖《けっぺき》というか、女性が苦手な佐々木は、これまでそんな単語は無縁のものだった。

それに、恋を知ったときにはもう、吉野に出会ってしまっていた。

結婚とか約束とか、そういうものに縛《しば》られるよりも先に、二度と抜け出せないほどの深い恋に陥っていたのだ。

昔は、ただ好きな相手ができたら、いつか自分みたいな朴念仁《ぼくねんじん》だって結婚するんだと思っていた。恋愛なんて、そんな簡単なものだと考えていた。

けれども、今は違う。

佐々木だって、世の中のシステムと不器用な生き方を学び始めている。誰かと結婚して生活を続けるのには、半端《はんぱ》ではないパワーと気力が必要だ。だからこそ、応援したい。晴れの門出《かどで》を素晴らしいものにしたい。

祝福の場に立つことを許されるのなら、そうすることで自分の罪を贖《あがな》いたい。吉野を捨て去った、この大罪を。


昼食だからと断ってオフィスを出た吉野は、真《ま》っ直《す》ぐに乃木坂《のぎざか》の駅へと向かう。陽射《ひざ》しはいつになく暖かく、日中出歩く分にはコートは必要なかった。オフィスにコートを置いて、吉野はポケットに財布《さいふ》を突っ込んで街に出てきたところだった。

今日は、佐々木の妹である琴美と、乃木坂駅の改札のところで待ち合わせている。食事はどこか適当にすませることができるし、表参道《おもてさんどう》方面まで歩いていってもいい。

「吉野さん！」

改札のところで退屈《たいくつ》そうに吉野を待ち受けていた琴美が、その姿を認めて軽く右手を挙《あ》げる。

佐々木とは違う朗らかさが、今の吉野にはひどく眩《まぶ》しかった。

「ごめんね、呼び出して」

「それはいいですけど……もしかして、ちょっと痩《や》せた？」

吉野の腕を無造作《むぞうさ》に摑《つか》み、彼女は表情を曇らせる。

「え……そうかな？」

「何か、顔色が悪いけど。兄さん、美味《おい》しいものを食べさせてあげてるんじゃないの？」

「……まあね」

正直な女性だ、と吉野も反応に苦慮《くりょ》してしまう。

こうもストレートに訊《き》かれてしまうと、オブラートにくるんで差し出すはずだった言葉が、全部台無しだ。

別れたなんて、どうしたら言えるだろうか。

とっくに別れた恋人の妹と二人きりで会うなんて、復縁を迫るきっかけにしたいとか、彼女を代わりにして口説《くど》き落《お》としたいとか、そんな俗物的《ぞくぶってき》な思考の持ち主に見られてしまいそうで、それがたまらなく嫌《いや》だ。

それに。

振られたと、もう彼とは一緒《いっしょ》にいないのだと——そう言えば、言霊《ことだま》が働いてしまって。

もう二度と佐々木と巡り合えなくなるのではないかと、怖《こわ》くなる。

おかしいだろうか。

もう離れてしまった恋人と、再び恋をする夢を見ている。

千切れた雲のように、パズルのピースのように、一度壊れてしまったものは、もう二度と噛《か》み合《あ》うことはないのに。

……キスしたいんだよ、千冬《ちふゆ》。

もう一度抱き締めて、やり直したいと囁《ささや》きたい。

だけど、そうするには自分はあまりにも臆病《おくびょう》で。

痛いほどに佐々木の夢を知りすぎていて。

玻璃《はり》よりもささやかな抱擁《ほうよう》でさえ、佐々木の邪魔《じゃま》になると知ってしまったから。

それに、離れている時間が長ければ長いほど、醜《みにく》い感情すら生まれてきてしまうのだ。

それを抑《おさ》えるのに、どれほどの理性が必要なことか。

「あれ、吉野さん？」

乃木坂駅の長いエスカレーターを上がりきったところで、唐突に呼びかけられて、吉野は足を止めた。次いで、琴美も立ち止まる。

「睦《むつみ》くん」

通勤前だったのか、ブルゾンに身を包んだ如月《きさらぎ》は目を丸くしていた。

「あ、えっと、琴美ちゃん……？」

「嘘《うそ》、睦くん？　やだ、すっごく久しぶりじゃない」

どうやら、二人は久方ぶりの邂逅《かいこう》を果たしたらしい。深く追及されるよりも先に、懐《なつ》か

しいという言葉がぽんぽんと飛び出し、吉野は密《ひそ》やかな安堵《あんど》を覚えた。

「睦くんは、これから仕事？」

「違うんだけど。専門学校で簿記《ぼき》の検定の補習があるんだ」

「頑張《がんば》ってるんだね」

吉野が褒《ほ》めると、如月ははにかんだように笑った。

相変わらず子鹿《こじか》みたいな、そんな笑顔《えがお》。

しかし、どこか印象がシャープになったような気がする。以前までふっくらとしていた頬《ほお》のあたりが、少し精悍《せいかん》になったようにも見えた。

そんな些細《ささい》な変化のおかげで、変わらないものなどないのだと、思い知らされる。

「あ……ごめん、そろそろ行きます。じゃあ、またね！」

相も変わらず朗らかで屈託《くったく》のない笑顔を向けると、如月は走りだす。そのついでにサラリーマンふうの男性にぶつかって、謝っているのが見えた。

「全然変わらないのね、睦くんって」

「でも、少し顔つきが……精悍になったかな」

可愛《かわい》さだけではなく、一人前の大人の顔をしていた。

振られてぼろぼろになっている吉野とは、全然違う。

如月のあのしなやかでしたたかな精神は、どこから形作られているのだろうか……？

「それより、どこに行こうか？」

「あ、私、行きたいお店があるんです。これに載《の》っていたんだけど……」

雑誌の切り抜きを手に琴美が行きたいと話したのは、六本木《ろっぽんぎ》に近い場所にあるイタリアンレストランだった。実際その場に向かってみると、カルミネとはまた違った重い空気の立ちこめる店で、入るのにちょっと勇気が必要だ。それでも重い木のドアを押すと、あちらのほうからポルチーニの匂《にお》いがふわりと漂ってきた。

窓際の席に案内された吉野はサラダを、そして琴美はリゾットを注文する。

窓からは冬の寒々しい庭が見え、常緑樹だけが青々と茂っていた。

「吉野さん、今日はサラダだけ？」

「うん。ちょっと、今、胃の調子が悪くて」

本当は食欲がなくて、何を食べる気もしないのだ。こうしてフロアでほかの人が食事をしている匂いでさえも、今の吉野には耐え難い毒だった。

目に毒だと思えるのは、琴美の存在も同じだ。

艶《つや》やかな黒髪も、意志の強そうなきつい瞳《ひとみ》も、どちらも佐々木によく似ている。どんなに避けようとしても、佐々木を思い出してしまうのは無理からぬことだった。

あの薄い唇《くちびる》は――触れるといつも、火傷《やけど》をしそうに熱く、そのくせ蜜《みつ》のように甘くて。

「ええと……これです」

琴美の声に己の想念を断ち切られ、吉野ははっと顔を上げた。持ってきた革製のバッグをごそごそと探《さぐ》り、琴美はその中から小さなアルバムを取り出す。わざわざ兄の写真だけ別にしてきたらしい。

「ありがとう」

吉野はアルバムを開く前に、彼女に気取られぬように深呼吸をした。

半ば、自虐《じぎゃく》に近い気持ちだった。

自分は平常心でいられるのだろうか。

別れてしまった恋人の過去の断片を見せられても、これ以上傷つかずにすむのか。

「兄さん、あまり写真を撮《と》られるのが好きじゃないから、枚数はちょっとしかないの」

それは今でも変わることのない、佐々木の気質の一つだ。

赤ん坊の頃の佐々木の写真。はいはいをしている彼。立ったところ。それから、幼稚園《ようちえん》の入園式、卒園式——小学校の入学式。

どの写真を見ても、佐々木は挑むような表情でこちらを睨《にら》みつけている。

そして、小学校の卒業式の写真では、半泣きの如月の腕を引いてこちらを見据《みす》えていた。

「これだけ……？」

やや拍子《ひょうし》抜《ぬ》けして、吉野はそう尋《たず》ねる。

普通ならば、もっと写真は多くていいはずだ。自分の意思ができてくる思春期はともかくとして、幼年期の写真がこんなに少ないとは。

「そうなんです。無理に写真撮《と》ろうとすると、逃げ出してしまったそうです。そのうえあまり、可愛《かわい》げないでしょう。はじめは両親も頑張《がんば》って枚数を撮ろうとしたんだけど、そのうちに根負けしてしまって」

頑固《がんこ》でこうと決めたらあとには退《ひ》かない、一途《いちず》な佐々木らしいエピソードだった。

「こうして見ると、やっぱり睦くんと仲がよかったんだね。彼と同じ写真は何枚もある」

「そうなの」

ふふっと琴美は笑った。その笑顔《えがお》が少し淋《さび》しそうに翳《かげ》ったのは、気のせいだろうか。

「私のことは嫌いなんです。兄は」

「どうして？」

「兄の持っているものを、なんでも欲しがるから」

綺麗《きれい》に輪郭《りんかく》を縁取《ふちど》った彼女の唇《くちびる》が、やわらかな言葉を紡《つむ》ぐ。

「だから、こうして吉野さんと会っているのがばれたら、私、今度こそ半殺しにされちゃうかも」

「それなら、取ってみる？」

「……え？」

「俺のこと、君の兄さんから……取ってみる?」

吉野は低い声で囁《ささや》いた。

「——やだ。本気にしますよ」

真っ赤になった彼女のその言葉に、吉野は無言で微笑《ほほえ》んだ。

「でも、吉野さんを紹介してくれたって言ったら、両親には兄さんの株、少しは上がるかもしれないわ」

「そうかな」

「そうですよ。だってすごく格好《かっこ》いいし、仕事もできるでしょ。兄さんみたいな人とは違うもの」

きっぱりした口調で、琴美は佐々木を断罪していく。

やはり、琴美のことは苦手かもしれない。

佐々木に似たパーツをいくらでも持っているのに、性格や気質はまるで違う。

けれども、佐々木から不器用さと優しさを削《そ》ぎ落《お》とした彼女を見つめていれば、いつか彼の本質に辿《たど》り着《つ》けるのだろうか。

自分を捨て去った佐々木の気持ちも、いつかは理解できるのだろうか。

そうすれば、己の中にわだかまりつつある、このどす黒い感情を消し去れるのか。

運命の重力。偶然の引力。

まるで天体の法則のように、愛情は生まれては消えていく。

「佐々木さん、ちょっと時間あります？」

おおかたの下ごしらえが終わったあと、一息をついていた佐々木だったが、康原に話しかけられてのろのろと顔を上げた。

「あるけど」

「よかった！　ちょっといいですか？」

人懐《ひとなつ》っこく素直《すなお》な後輩は、心底嬉《うれ》しそうな笑顔《えがお》を向けてくる。誰にでも向けられるその明るいベクトルが、佐々木は時折疎《うと》ましくなることがある。もし、彼の実家のベーカリーが倒産の危機にあるということを知らなかったら、いつまでも意地悪な目で彼を見続けていたかもしれない。

「どうかしたのか？」

エリタージュの門前まで引っ張られながら、佐々木は訝《いぶか》しげに訊《き》いた。

「友達と久しぶりに会うんで、先輩もよかったらって思って」

明るく笑う彼に毒気を抜かれそうになり、次いで佐々木は慌《あわ》てて顔を上げた。

「友達って」

「ほら、同郷の奴《やつ》で、T証券に勤めてる人。――あ、来た来た！　柚木さん！」

向こうからやってきたのは、いかにも快活そうな青年だった。がっしりとした体つきで、肌《はだ》は日に焼けている。趣味《しゅみ》でスキーでもするのかもしれない。

「よう」

柚木と呼ばれた男は精悍《せいかん》な表情をしており、ぱりっとしたスーツがよく似合う。

「先輩、この人が柚木さんです」

「佐々木です」

「こいつがいつもお世話になってるって聞いてます。どうも」

男がぺこっと頭を下げる。そして、ぼんやりとしている康原に、「おまえもお辞儀《じぎ》しろよ」と、ぐっと頭を押さえつけた。

言葉は標準語だが、微《かす》かにイントネーションが違う。同郷というのはこういうことなのかと、佐々木は漠然《ばくぜん》と思った。

「で、どうする？」

笑うとえくぼができる。まるで子供みたいに人懐《ひとなつ》っこそうな、黒目がちの瞳《ひとみ》。

「俺たち、今休憩時間だから、そんなにのんびりしてられないんだ」

「そうか。じゃあ、適当に喫茶店《きっさてん》でも入ろう」

店まで半ば強引《ごういん》に引っ張られてしまい、佐々木はため息をつきたい気分になった。

唯一の後輩が世話になっている相手だから、いずれ一度くらいは挨拶《あいさつ》するのもかまわないと思っていた。気分転換みたいなものだ。

だけど、いざこうなると、気が進まない。

いくら少しずつ他人に接することに慣れたとはいえ、やはり佐々木は内側に閉じこもる気質の持ち主なのだ。おまけに、なかなか他人を信用できない気質ときている。そう簡単には気性を変えられない。

「証券会社に勤めてるって？」

「うん」

にこっと柚木は笑う。やはり屈託《くったく》のない笑《え》みで、佐々木はなぜかたじろいだ。

「はい、名刺《めいし》」

あまり日常では関係を持たぬ証券という言葉は、吉野の気配を意識させる。

名刺をろくに見ることもなく、佐々木はそれをコートのポケットに押し込んだ。

「康原とは、どういう友達？」

「あ、それ。柚木さんは、俺のクラスメイトの兄貴なんだ」

康原と柚木で名字が近いから、と彼は明るい口調で説明をした。

それで少しだけ、佐々木は安心する。どう考えても、自分より二つ、三つ年下の康原と柚木では、同い年には見えなかったからだ。

「それで、今日こいつに頼《たの》まれたからパンフレット持ってきたんだ。俺が直接資金運用をするわけじゃなくて、ただの営業なんだけど……」

「――――」

佐々木は黙り込んだ。

「ほら、佐々木さん、自分のお店を再開させるんだったら、早いほうがいいでしょう。このあいだお金を貸してくれたこともあるし、それで……お礼に先輩の力になれたらって」

人がいい後輩の顔を見て、佐々木は首を振った。

「投資とかそういうの、興味ない」

自分はただの料理人であって、リスクを冒《おか》す真似《まね》はしたくない。

「だろうね。投資には危険がつきものだから、そういうのがダメな人には勧められないよ。最低限の勉強は必要だし」

案外あっさりと柚木が引き下がったので、佐々木は不思議な気持ちになった。

そして、その穏やかで屈託《くったく》のない笑顔《えがお》に、佐々木の心臓がびくりと動く。

江藤《えとう》に似てるんだ。笑顔とか、そういうのが――。

「……せっかく来てくれたのに、すみません」

佐々木が素直《すなお》にそう謝罪すると、ぎょっとしたように康原が目を見開く。それもそうだろう。頑固《がんこ》な佐々木が他人にそんなことを口にするなど、誰も予想しなかったはずだ。

「いや、かまわないよ。俺も、こいつがお世話になってる人に、一度は挨拶《あいさつ》しておきたかっただけだから」

柚木はそう言うと、ぱっと周囲を明るくさせるような無邪気《むじゃき》な笑顔《えがお》を見せた。

「そそっかしいし手のかかる奴《やつ》だけど、やる気だけはあるんで……可愛《かわい》がってやってやってください」

「はい」

素直《すなお》に佐々木は頷《うなず》いた。

正直言って、株関係と言われてしまうと、もっとギラギラした扱いにくい人間がやってくるのかと思っていた。どうやって断ろうかと、そればかりを考えていた。

それがまったく違うのだと思うと、不思議な安堵《あんど》に心が満たされる。

「ちょっと」

お手洗いに向かった康原が席を外したとき、佐々木はふと、柚木に尋《たず》ねた。

「ファンドマネージャーって聞いたけど」

「え？　違うよ、俺は営業だって言っただろう？　康原に扱っている証券の種類を説明したとき、投資信託《とうししんたく》のことも話したし……それで勘違《かんちが》いしたのかな」

「でも」

何か奇妙なものを感じ、佐々木はそう口に出していた。

た。

「もちろん、本当はそっちが志望だったんだけど」

そう言って、柚木は人懐《ひとなつ》っこい笑《え》みを浮かべたせいで、その違和感はすぐに消え失せ

そこに、ちょうど康原が戻ってきて、柚木は「おう」と挨拶《あいさつ》をする。

「じゃ、康原。俺もこれから用事があるんで、またあとで」

「うん」

ぱっと表情を緩《ゆる》めながら柚木を見送る康原に、佐々木は微笑《ほほえ》ましいものを感じた。

幼《おさな》なじみというのは、こんなふうなものなのかもしれない。

「仲、いいんだな」

「いいってほどじゃないけど……でも、よくしてもらってて。東京に出る気になったの

も、柚木さんがいたからなんです」

康原は妙に饒舌《じょうぜつ》だった。

「幼なじみは大事にしたほうがいい」

「ええ。それで、俺……あの人が営業成績上げたいって聞いたから、ちょっと力になれた

らって思っちゃって」

「そうか」

実家の件で面倒をかけたのであれば、少しでも恩を返したいと思うのが普通の心理だ。

佐々木にだって、それくらいは理解できる。

ちょうど佐々木が引っ越しをして、金に困っていることも知っている康原の、思いやりのようなもの。

その無防備な優しさが、今の佐々木には嬉《うれ》しかった。

「悪いな」

「いいです。でも、気が向いたらいくらでも言ってください。佐々木さんには俺、普段からお世話になってるし……大変なときに、お手伝いできればって思うし」

康原は康原なりに、佐々木を思いやってくれている。

そう考えると、一人きりで立とうとしている時期だけに、ほんのりと心が和んだ。

たとえ恋人と別れてしまっても、幼《おさな》なじみとの絆《きずな》は残る。

それだけを信じていられるのだ。

そしてまだ、希望を捨ててはいない。

佐々木にとって、これから一つ一つの成功が、吉野へとつながるステップになるのだと。

6

ことん、と佐々木《ささき》の目の前に温かなココアが置かれる。

犬の絵のついたマグカップを両手で包み込むように持っていた如月《きさらぎ》は、佐々木の意外な告白に目を瞠《みは》った。

「うっそ！　千冬《ちふゆ》、引っ越したの⁉」

如月は素《す》っ頓狂《とんきょう》な声をあげて、幼《おさな》なじみの顔を遠慮《えんりょ》なくじろじろと眺《なが》め回《まわ》した。

「……うん」

いたたまれなくなるほどの好奇の視線を受けて、佐々木は複雑な表情で頷《うなず》く。

まさか、こんなリアクションを引き起こすとは思わなかった。

「どうして？　吉野《よしの》さんと喧嘩《けんか》でも、した？」

「そういうわけじゃない」

優しい優しいあの男を、自分のためだけに置き去りにした。

それだけだ。

それだけのことなのに、どうしてこの胸はこれほどまでに軋《きし》むのだろう。

心を支える梁《はり》が崩れたら、きっとすべてが崩落してしまう。

そんな錯覚すら、覚えるほどに。

「――だから、かなあ。このあいだ、琴美《ことみ》ちゃんを見たよ」

どうして、『だから』と話が続くのか、佐々木にはわからなかった。

ただ、ここ一、二か月のあいだに、琴美の名前を何度か聞かされていたこともあり、佐々木はひどく不機嫌だった。

あの妹とは徹底的に相性が悪い。できれば思い出したくないのに。

だが、次に如月が明かしたのは、もっと驚くべき事柄《ことがら》だった。

「吉野さんとデートしてたよ」

「何……？」

一瞬《いっしゅん》、信じられない言葉を聞いた。

琴美と吉野がデートをしていた、だって？

「デートしてた」

如月はつまらなそうに、その言葉を繰り返す。

彼自身の中でもその事実を処理しかねているのではないかと、思えるほどだった。

「誰、と……？」

「だから、吉野さんとだってば」

如月は退屈《たいくつ》そうに、吉野の名前をその舌先に載《の》せる。このあいだまで自分の心を溶かしてしまう魔法《まほう》の呪文《じゅもん》だったその名前は、いつの間にか、佐々木の心をちくちくと突き刺すガラスの棘《とげ》に変わっていた。

「見間違えじゃないのか」

声が震えないように注意しながら、佐々木はぶっきらぼうな口調で尋《たず》ねた。

「まさか。僕だって琴美ちゃんの幼《おさな》なじみだよ。間違えるわけないじゃん。それに、ちゃんとしゃべったもん」

心がひしゃげて、ぺしゃんこになる。

信じたくない台詞《せりふ》に、佐々木の心は根底からぐらりと揺らいだ。

まさか。

吉野が琴美とデートをしたのか？　よりによって、あの生意気で早熟な妹と？

吉野が、自分の身代わりにしたのなら、琴美にひどく失礼だと理性が訴える。

だけど理性なんか、すぐに押し流されてしまう。

心のそこかしこに残った情熱が、まるで篝火《かがりび》のように佐々木の心を燃やす。

琴美に取られてしまうのだろうか。

小さな頃のおもちゃ。絵本。それから……たくさんの愛情も。

「いーけど、千冬。どうすんの、これから」

気まずくなった空気を払拭《ふっしょく》するように、如月が穏やかな声で尋《たず》ねた。

「料理をするよ」

「料理だけ？」

「レピシエを始めないと」

佐々木は短く言い切った。

それを聞いて、如月は複雑な表情になって佐々木を覗《のぞ》き込《こ》む。そして、立ち上がってぎゅうっと佐々木を抱き締めた。

「大丈夫なの？」

「なんで？」

「一生懸命すぎるんだもの、千冬は。僕、不安になるよ」

如月の腕はこんなにも力強かっただろうか。

吉野とは別のぬくもりに満ちたその胸に、佐々木は脱力し、ふと目を閉じる。ウールの感触が頰《ほお》に当たってくすぐったかった。

「そんなに何もかも捨てて、どうするの？　なんだか……自分を試してるみたいだよ」

「──そうかもしれない。でも、あいつに甘えるのが、嫌《いや》だった。料理人として壁にぶつかるたびに、俺は……あの人に頼《たよ》ってしまう」

一言一言を確かめるように、たどたどしく佐々木は告げる。

「だからって、吉野さんはどうするの？　傷ついてるよ。悲しんでるよ、絶対に」

「…………」

そのことに関しては、どうコメントをすればいいのか。

吉野が傷つき、嘆《なげ》いているであろうことは百も承知だ。

「吉野さんとやり直せなくなってもいいの……？　あの人、もてるでしょう。千冬は、大丈夫なの？」

吉野はこの先も恋をするだろう。あの美しい瞳《ひとみ》で誰かを見つめることだろう。

そして、佐々木を抱いたのと同じ腕で、ほかの人間を抱き締めるのだ。

その相手が琴美だなんて、絶対に許せない。

けれども、まだ一縷《いちる》の望みはある。

吉野が佐々木をもう一度選んでくれるかもしれないという、ささやかな希望が。

「だけど、……だけど、もしかしたら、またやり直せるかもしれない」

「千冬、本気でそんなこと思ってるの？」

何が彼の感情を逆撫《さかな》でしたのか、如月はうってかわって鋭い声で尋《たず》ねた。

「吉野さんが、千冬の我儘《わがまま》をいつも許すと思ってる？　いくらあの人が優しくたって、千冬がそんな自分勝手ばかりしていたら、いつか嫌いになるかもしれないよ。千冬を許せなくなるんじゃない？」

心臓をぎゅっと絞《しぼ》られたような気持ちだった。

吉野が自分を許さなくなる？

そんなことってあるんだろうか。

傷つけてしまったとは思っていたけれど、彼は怒らなかったし、いつだって優しかった。だから、嫌われる可能性なんて考えてもみなかったのだ。

黙り込んだ佐々木に、如月はさらに追い打ちをかけてきた。

「甘えないようにしたいなんて言って、千冬は甘えっぱなしじゃないか！　まだ吉野さんに甘えてるんだ……！」

「……それは」

反論したい。だけど、どうやって反論すればいいのか、思い浮かばなかった。

吉野が自分を許さなくなるときが、いつか来るというのか。

いや、そんなはずがない。如月は吉野のことを、自分たちの恋の深さを知らないから言えるのだ。

ぴっと音を立てて、パソコンが終了画面になる。ディスプレイの電源を落とし、吉野は深々と息を吐いて、背もたれに寄りかかった。

「先輩、終わったんですか」

後輩の原田《はらだ》が陽気な声で話しかけてきたので、椅子《いす》をくるりと回して傍《かたわ》らに立つ彼に向き直った。

「うん」

「この頃すっごく働いてますよね」

「お互いさまだろ。それに、そうしたほうが気が紛《まぎ》れるから」

以前の自分が、最低限の仕事しかしていなかっただけかもしれないのだが。

それでも、仕事に打ち込むのは楽しかった。

いや、楽しさとは別の次元にあるのかもしれない。

気が紛れる。

ほかのことをすべて、忘れられる――。

「これから、どうする？　飯でも食う？」

「いや、俺、もうちょい仕事が残ってるから」

原田はそう言って、大きく欠伸《あくび》をする。

「じゃあ、また明日。戸締まりよろしくね」

「はい」

コートを羽織った吉野はひらひらと手を振ると、事務所をあとにする。

佐々木のいない生活にも、少しは慣れてきた。ほんの少しは。

仕事に打ち込むのも、味気ないけど悪くはない。

何よりも、これまでの経緯を忘れようと努力することはできた。

エレベーターを待つのが惜しく、吉野は階段を駆け下りる。暗い路上に数歩進んだとき、左手の方角からやってくる人物に気づいた。

「千冬……」

忘れ去ろうと願ってきた名前が、不意に零《こぼ》れ落《お》ちる。

「——吉野さん……」

対する佐々木も、呆然《ぼうぜん》とした様子で呟《つぶや》いた。

どうして彼がこんな時間にここにいるのかと思ったが、今日は定休日だ。

おそらく、如月の部屋に遊びに行った帰りなのだろう。

「久しぶり。元気だった？」

「ん」

ゆっくりとした仕草で、佐々木は頷《うなず》く。まるで夢の中の出来事のように、それはスローモーションに見えた。

「仕事はどう？　順調」

「うん」

いたたまれない様子で、佐々木がもう一度頷《うなず》く。

ああ——それもそうだろう。

別れた恋人と会って、楽しいはずがない。

けれども今は、怒りよりも苛立《いらだ》ちよりも、愛《いと》しさが募ってくる。

だとすれば吉野にできることは、佐々木を精一杯の優しさで見守ることではないか。

「あんたは」

「俺も、頑張《がんば》ってるよ。最近はいろいろ忙しいし」

「………………」

佐々木は何かを言いたそうに唇《くちびる》を開く。

あの唇にキスをしたかった。

ずっと求めていた、熟れた唇。

だけど彼にくちづけをねだる権利は、今の吉野にはもうないのだ。

「頑張ってね。千冬の料理、食べに行くの、楽しみにしてるから」

吉野はにっこりと笑うと、「じゃあ」と軽く手を振って佐々木から離れた。

忘れざる思いを、この胸に抱《かか》えたまま。

「——」

立ち尽くした佐々木が、いつまでも吉野の背中を見つめているのを知っていた。

知っていたけど、何もできない。

もっとも愛する人のために自分にできることは、あまりにもささやかだった。


——笑ってた……。

何もなかったみたいに、昨日の吉野は笑っていた。

調理台を拭《ふ》いていた佐々木は、その手を不意に止める。

ほかのスタッフたちも、懸命に片づけをしている最中のことで、佐々木の険しい表情に気づいた者は、誰もいなかった。

「…………」

つきん、と胸が痛んだ。

夢にまで見た彼の笑顔《えがお》だったのに、それが佐々木の繊細な心臓にはどれほど激しく突き刺さったことか。

笑えないとは思っていなかった。

いつか吉野だって、あの美しい笑みを取り返すだろう。そう知っていた。

だけど、佐々木がいなくなったとしても、あんなふうに笑えるのだと。

まだひと月も経《た》っていないのに。

佐々木はこんなにも狂おしい感情に駆られながら、吉野を思い出しているのに。

佐々木を失ってから、ずっとショックを受けていてほしかったわけじゃない。

そんな虫のいい考えは持っていない。

けれども、立ち直っていることに驚いた。

吉野があんなふうに笑えるほど立ち直っていることが、佐々木の心をひどく苛《さいな》んだ。この手を離したのは自分が先なのに、己のずるい心持ちが、なおのこと佐々木を自己嫌悪へと駆り立てる。

どうでもよかったんだ……自分のことなんか。

簡単に忘れ去れるほどのものだったのだ。

だったら、如月の言うとおりに、許されないほうがよかったのか。

憎まれたほうがよかったのか。

それほど辛《つら》いこともないくせに。

――わかっている。もう彼のことをとやかく言う資格なんて、ない。

何もかも終わったのだ。

なのに、自分の心の中に澱《よど》んださまざまな感情と記憶《きおく》の欠片《かけら》が、佐々木を昼も夜も苦しめた。どこにそれを捨てればいいのか、ただ別れるだけではダメなのかと、自問自答を繰り返す羽目になるのだ。

如月だって、吉野と別れたと言ったらひどく怒って、佐々木にもその理由がよく摑《つか》めなかった。

いつか吉野とやり直せるという希望を持つのが、そんなにいけないことなのか。

「佐々木くん」

清水《しみず》に呼ばれて、力の籠《こ》もらない手で調理台を拭《ふ》いていた佐々木はぱっと顔を上げる。

「はい？」

「メニューの件、進んでるの？　あさってには矢内《やない》さんもいらっしゃるし、できれば今、打ち合わせしたいんだけど」

「……いちおう」

自信がなさそうに小さな声で答えると、彼女は鼻先で佐々木を笑い飛ばした。

「そう。じゃ、片づけが終わったら話をしましょう。いいわね？」

「わかりました」

スーシェフの清水は佐々木よりも格上なので、滅多《めった》なことでは逆らえない。

最近では佐々木も大きな失敗をせずに厨房《ちゅうぼう》で働いていたが、確固たる実績がない。

なんとかウエディング・パーティを成功させて、島崎《しまざき》を喜ばせたかった。

そのためには、より完璧《かんぺき》な設計図を作らなくてはならない。

打ち合わせのために料理長室に向かうと、長身の男が島崎と談笑しているところだった。見覚えのある男の背中に、佐々木は表情を曇らせる。

「料理の候補は考えてきたか？」

「はい。二種類ですが……」

佐々木は堂々とオーナーを無視すると、島崎に向かってノートを差し出した。

「なるほど。オマール海老《えび》のナージュか……」

小さく呟《つぶや》き、彼はメニューをチェックしていく。

「どちらのメニューも、下ごしらえさえ終われば、本番では時間がかからない。いいだろう」

島崎は頷《うなず》くと、佐々木にノートを返す。

特に問題はないようで、佐々木はほっとした。

清水が出してきた前菜と肉料理のメニューもさしたる問題はないようで、島崎は満足そうだった。

「オーナーからは、何かコメントはありますか？」

暇そうに立ち尽くす仁科《にしな》を見て、島崎がそう話題を振る。

「デセールはどうするんだ？」

「それでしたら、ビュッフェ形式にしようというアイディアが出ています」

島崎はそう告げた。

「ふうん……」

考え深そうな表情で仁科は島崎を見つめ、微《かす》かに頷《うなず》く。

「そうだな。詳しいことは矢内と相談してもらおうか」

「あさってにはいらっしゃるそうですから、そのときに試食していただきます」

打ち合わせは簡単に終わり、まだ話が残っているという清水と島崎を残し、佐々木は仁科とともに部屋を出た。

「家は中野《なかの》だったろう？　どうせだから、送っていこうか」

「いい」

仁科のそばにいるのが、嫌《いや》だった。

佐々木は言下にその提案を拒絶すると、その場を立ち去ろうとする。

突然、仁科はそんな佐々木の腕を背後から摑《つか》んだ。

反射的に立ち止まり、その手を振り払おうとする。

しかし、逆に空《あ》いていた左手さえも摑まれ、そのまま壁に押しつけられた。

「何すんだよ！」

「頑張《がんば》っているみたいじゃないか。もっとも、それくらいじゃないと、こっちはつまらない」

かっと胸が疼《うず》く。

「雨宮《あめみや》が言っていたぞ。最近、君がセレブリテに来ないって」

「…………」

佐々木は俯《うつむ》いた。

「そんなに悔しいか？　俺に彼を取られたのが」

仁科が皮肉げに口元を歪《ゆが》めるのを見て、佐々木の心臓はますます熱くなった。

「あんたが悪いんだろ！」

怒りを煽《あお》られて、佐々木は頰《ほお》に朱を走らせた。

「俺は何もしていないよ。ただ、自分の仕事をこなしているだけだ」

「他人を引《ひ》っ搔《か》き回《まわ》すのが、あんたの仕事だってのか」

「勘違《かんちが》いするんじゃない」

佐々木の鼓膜《こまく》を揺らすのは、冷え冷えとした声だった。仁科の瞳《ひとみ》は笑っていない。

「誰もが自分に都合よく動くなんて、思うなよ。君にはその器がない。だから、君に彼は
——いや、彼らは手に入らない」

「彼、ら……？」

複数形で言われたその意味が、佐々木にはよくわからなかった。

佐々木が口ごもるのを見て、仁科はにやにやと笑う。

「せいぜい頑張《がんば》ることだ」

佐々木が知る限り、いつでも無傷で何一つ失わずにきた男の双眸《そうぼう》を、佐々木は精一杯の眼光で睨《にら》みつけた。

「努力という言葉は——人間に残された希望の一つだろう？」

微《かす》かに喉《のど》を鳴らして笑った男は、佐々木から手を離すと、右手でそっと頬《ほお》から顎《あご》にかけてのラインをなぞる。

それだけで身体《からだ》が震えてしまう。その事実に、仁科は目敏《めざと》く気づいた。

「なんだ、欲求不満なのか？　淋《さび》しいなら、一晩くらいつきあってやろうか？」

「ふざけるな！」

いつだって自分を挑発してくる、仁科の意図がわからない。

それを見ておかしそうに笑った仁科は、ゆったりとした足取りでその場をあとにした。

畜生《ちくしょう》、と佐々木は呟《つぶや》く。

どうして彼は自分を放《ほう》っておいてはくれないのだろう。

雨宮の名前を出されて、佐々木は必要以上に狼狽《ろうばい》していた。

まだ会えない。会いたくない。

彼にどの面《つら》を下げて、会いに行けるというのだろうか……？

「どうしよう、どれも美味《おい》しくて迷っちゃう」

紀子《のりこ》がそう悩んだように呟《つぶや》くのを聞いて、清水が小さく微笑《ほほえ》む。

それを見て、佐々木はふっと張り詰めていたものが途切れるような気がした。

「お料理のことは、後日ゆっくりと決めてくださってもかまいませんよ。幸い、まだ多少日にちは残っていますし」

島崎はにこにこと笑った。

エリタージュではレストラン・ウエディングに対するノウハウが充分ではないため、各部署の協力態制が重要となってくる。料理をひとしきりサーブし終えたメートル・ドテルの外村《とのむら》は、微笑とともに島崎の顔を窺《うかが》った。

「では、デザートをお持ちいたします」

外村は一礼すると、別室からワゴンを引いてきた。

「うちのパティシエの力作ですよ。実際ウエディングケーキは生ケーキを使用しますから、お二人に入刀していただいたものを、みなさまに切り分けます。このあとは、フルーツを含めたデザートビュッフェがいいと思うのですが」

そう言った島崎は、ワゴンに載《の》せられたケーキを一つ一つ紹介していく。

「確か、若い方と中年の方は半々くらいの割合ですよね？　料理そのものは無難なものも多いですし、どのメニューを選んでいただいても、大丈夫だと思いますよ」

その言葉に、佐々木ははっとした。

「ビュッフェ……？」

矢内がわずかに眉《まゆ》をひそめて訊《き》き返《かえ》す。

「はい。六十名でしたら、フロアの左右にビュッフェコーナーを作る余裕もありますし」

「――あの」

差し出がましいことと知りながら、佐々木はおずおずと発言をした。

「俺……は、ビュッフェよりもワゴンサービスが……いいと思うんですけど」

その言葉に、一同の視線が佐々木へと集まった。

「ご招待する方の年齢層にもよりますけど、中高年の方は結婚式だったら、正餐《せいさん》というスタイルにこだわると思いますし……」

たどたどしい言葉で佐々木がそう続けると、紀子は「それもそうですよね」と頷《うなず》く。

「でも、ワゴンサービスだと、手間がかかりませんか」

矢内の質問はもっともなものだった。

「お客様に一番いい形で披露宴《ひろうえん》をしていかなくては。我《わ》が儘《まま》をおっしゃってくださってかまいません」

フロアを担当する外村がそう言うと、島崎も納得したように頷《うなず》く。

「佐々木さん、ウエディングのこと、よくご存じなんですね。もしかして、もう結婚してらっしゃるとか?」

「あ……いえ」

出過ぎたことを言ってしまったと恥じらった佐々木は、頰《ほお》を染めて俯《うつむ》く。

「勉強熱心なんですよ」

島崎がフォローしてくれたため、場がやっと和んだ。

「とても嬉《うれ》しいです。ウエディング・パーティを引き受けていただけるだけじゃなくて、一生懸命取り組んでくださってるんですもの」

ふんわりと紀子が微笑《ほほえ》むのを見ると、佐々木の心も温かくなる。言葉では上手《うま》く表現できない、高揚《こうよう》したものに満たされていく。

紀子が帰ったあと、島崎はぽん、と佐々木の背中を叩《たた》いた。

「よく勉強したな」

「……ありがとうございます」

「おまえか清水のどちらかが気づいてくれると思ったが……嬉しいものだ」

島崎はにこやかに笑うと、その場を立ち去る。

わかっていてヒントをくれたのだ。

料理人の中でも偉大《いだい》な料理人を称《たた》えてグランシェフと呼ぶが、島崎はその呼称に相応《ふさわ》しい、人格もその腕も兼ね備えた当代きってのシェフという評判だった。

彼は後進の指導を厭《いと》わず、常にその実力を引き上げようとする。

自分もいつか、島崎のような人間になれるのだろうか……？

それを考えると、佐々木はいつも戸惑《とまど》ってしまう。インタビュー記事を読むと、島崎は家に帰っても家族にせがまれれば料理をすることがあるという。

良き上司、良き父親、良き夫。

それらすべてを手に入れている島崎が羨《うらや》ましくもあり、そして妬《ねた》ましくもある。

佐々木は何もかも捨ててここにいるというのに。

だからときどき、わからなくなる。島崎を見ていると自信がなくなる。

料理をまともにできないのならば、恋などやめろと叱責《しっせき》されたからこそ。

やめたらこんなに、自分は弱くなった。吉野がいないせいで揺らいで、一人でいるのが怖《こわ》くなってしまった。

馬鹿《ばか》みたいだ。

こんなふうに悩むくらいなら、どうして自分はあんな決断をしてしまったのだろう？

なぜあんなにも容易《たやす》く、吉野の手を離してしまったのだろう。

そして今なお、浅はかな希望を捨てきれずにいるのだ。

——やばい、かも……。

電車に乗っている時点ですでに焦《あせ》りかけていた如月は、駅の改札口を飛び出した瞬間《しゅんかん》に、全速力で走り始めていた。

いくら遅番とはいえ、遅刻は遅刻だ。

こんなことなら、授業が終わったあとの質問なんてやめておけばよかった。

さまざまな後悔がない交ぜになったまま、如月はひたすらに走る。

そして、職場であるリストランテ高橋《たかはし》の近くまで来たとき、脇道《わきみち》から無灯火《むとうか》の自転車が飛び出してきた。

ぶつかる、と思ってそれを避《よ》けようとした瞬間《しゅんかん》、足が滑る。

「わっ」

思いきり尻餅《しりもち》を突いた衝撃で、手にしていた本屋の紙袋が吹き飛んだ。

「大丈夫ですか？」

後ろから歩いてきた青年が、勢いで飛び出してしまった簿記《ぼき》のテキストを拾い上げる。

「すみません」

「いえ」

歩道に散らばった数冊のテキストを拾い上げて、青年は如月にそれを手渡す。柔和でいかにもおっとりとしていそうな顔つきは、如月の知っている誰にも似ていることはなかった。

「中身、ちゃんとありますか？」

声までやわらかくて、上品だ。まるでモンブランみたいに、まろやかな印象。

「えっと……簿記《ぼき》と商法と……はい、大丈夫みたいです。すみません」

ぺこりとお辞儀《じぎ》をすると、如月は今度は早足で店へと向かった。

転んだ拍子《ひょうし》にしたたかに尻《しり》を打ちつけ、それが痛くてたまらない。きっと痣《あざ》になってしまっていることだろう。

予定より十分ほど遅れて裏口からリストランテ高橋に飛び込むと、同僚《どうりょう》の長谷川雪子《はせがわゆきこ》が「おそーい」と声をかけてきた。

「ごめんね。ちょっと、補習が長引いちゃって」

如月は両手を合わせるジェスチャーをすると、ロッカールームに飛び込んで着替えをすませる。ついでに従業員用の化粧《けしょうしつ》室で手を洗い、髪が乱れていないかを確かめた。

それから、厨房《ちゅうぼう》に向かう。

「遅れて申し訳ありませんでした」

すると料理長の高橋が「いいから、フロア出て」と顔も上げずに告げる。

「はい！」

フロアはさほど混んでいなかったのが、不幸中の幸いというところか。

「すみません」

テーブル席の女性に呼び止められて、如月は「はい」と振り返った。

「ワインリストいただけます？」

「かしこまりました」

フロアでの立ち居振る舞いは優雅《ゆうが》に、そしてきびきびと。レストランは一つの舞台なのだから、その裏側は誰にも見せなくていい。

ワインリストを差し出した如月は、端《はし》のテーブルの男性がメニューを閉じ、手持ちぶさたそうにしているのを見つけて、そちらに歩み寄った。

「ご注文はお決まりでしょうか」

「はい……」

顔を上げた青年は「あ」と声をあげる。

ワンテンポ遅れたが、如月もそれが、先ほど出食わした青年だと気づいた。

連れはおらず、一人きりで食事に来たらしい。

「先ほどは失礼いたしました」

如月は軽く頭を下げる。

咄嗟《とっさ》の対応としては、上出来の部類に入るだろう。

「いえ、僕のほうこそ」

彼はにこりと笑うと、メニューの一点を指さした。

「こちらの料理はどのようなものですか？」

「平目《ひらめ》のカラブリア風というのは、薄くおろした平目のフィレを、油で炒《いた》めてトマトなどで軽く煮込んだものです」

如月は青年が理解しているかどうかを窺《うかが》うために、そこで一息を入れる。そして、ゆるやかな調子でさらに説明を続けた。

「カラブリアというのは、イタリア半島の最南端にある地方で、赤唐辛子《あかとうがらし》やニンニクでアクセントをつける料理が特徴となっております」

「わかりました。では、そちらをお願いします」

結局彼はグラスワインの白とパスタ、そして平目のカラブリア風をオーダーした。

一礼して如月が下がるときも彼は自分を見守っていたが、相変わらず優美で冷淡な視線からは、どんな感情も窺い知ることができなかった。

7

ウエディング・パーティの当日。

厨房《ちゅうぼう》は朝からおおわらわで、誰もが己の持ち場で懸命に働いていた。

フロアは業者とギャルソンの連携《れんけい》によってすでにセッティングがすみ、ピンク色のクロスでトータルコーディネートされている。

テーブルの上には、ピンクの薔薇《ばら》のアレンジメントが飾られていた。

「いよいよだな」

フロアを見つめてすうっと深呼吸する佐々木《ささき》の横で、島崎《しまざき》が密《ひそ》やかに告げた。

「——はい」

「清水《しみず》と力を合わせて頑張《がんば》りなさい」

「わかってます」

佐々木は力強く頷《うなず》いて、傍《かたわ》らに立つ島崎の双眸《そうぼう》を射抜くように見つめた。

後戻りなんて、できない。

しなければいけないことは、今こそ成《な》し遂《と》げる。

佐々木の使命は今日のパーティを成功させることであり、そのためには清水との確執《かくしつ》も忘れなくてはいけなかった。

人を喜ばせるための食事を作るために。

先に厨房《ちゅうぼう》に戻ると深呼吸をして、また息を吐き出す。

晴れの日だからこそ、最高のもてなしをする。

よく研《と》いだ包丁で、今日の主菜になるオマール海老《えび》の下ごしらえをしていく。美しく丁《てい》寧《ねい》な料理を作り、なおかつ列席者を満足させなければいけない。

肉料理はソーシエに任せているが、オマール海老の春野菜仕立ては、佐々木がこの日のために考えた華《はな》やかなメニューだ。

絶対に失敗できない。

「シェフ。矢内《やない》さんがお見えになりました」

披露宴《ひろうえん》をする矢内たちが、近くの教会での式を終え、到着したらしい。

「わかった」

ウエディング・パーティのときは、仁科《にしな》のオフィスから社員が派遣《はけん》され、あれこれと段取りをつけてくれることになっている。

料理を考えるだけでいいのだから、それは佐々木にはとても有り難かった。

やがて、参列者も到着し始めたらしい。

フロアがだいぶ賑《にぎ》やかになってきたようだ。

佐々木は出来上がっているアントレの状態をチェックし、清水の顔を見やる。

「いいわ」

清水はこっくりと頷《うなず》いた。彼女もまた緊張しているのか、口元は相変わらず厳しく引き結ばれている。

フロアからは微《かす》かに、スピーチの声が聞こえてきた。


三月になってからのここ数日、どうも調子が悪い。

全身をぼんやりと包む、倦怠感《けんたいかん》。

やけになって、忙しく働きすぎたのかもしれない。

そんなことをつらつらと考えながら、吉野《よしの》は昼下がりの路地を歩く。

平日の昼間は人通りが少ないが、今日は日曜日ということもあり、子供たちが道で走り回っている。

都心とは思えぬのどかな光景に、ふと微笑《ほほえ》みすら零《こぼ》れてきた。

しかし、体調が悪いせいか気分は思わしくなく、こんなことならば約束を断ればよかったと、吉野は半分後悔していた。

「吉野さーん！」

突然、声をかけられた吉野はゆっくりと振り返る。

「──睦《むつみ》くん」

「珍しいですね。今日は休日出勤ですか」

「うん。まとめてしまいたい仕事があったんだけど、データを忘れてしまって」

わずかに吉野は笑うと、如月《きさらぎ》を見下ろした。

夕方には、琴美《ことみ》と会う約束がある。それもあって、こうしてのこのこと南青山《みなみあおやま》までやってきたのだ。

「睦くんは？　今日は、仕事は？」

「お休みです。今日は午後から法事なんで、その前に藤居《ふじい》くんに会いにカルミネに行こうかなって」

如月は相変わらず、屈託《くったく》がない。精神的にしたたかさを増したとはいえ、素直《すなお》で伸びやかな気質はちゃんと残っているようだった。

「彼とは、仲がいいんだ？」

「……まあ、いちおう」

「そう」

どこか如月がしゃべりづらそうにしていることに気づき、吉野はその原因にはたと思い当たった。

当たり前のことだが、如月は知っているのだ。

佐々木と吉野が、別れてしまったということを。

ずっとずっと昔、佐々木に出会う前もこんなことが何度かあった。別れた彼女と共通の友人は、最初はいつも気まずそうに吉野に接していた。

それが不思議だった。

吉野は吉野であって、別れた女性によって評価されるべきではない。だからこそ彼らの行動に淋《さび》しさすら感じた。

ある意味でそれが間違っているのだと、今ならばわかる。

他人と別れることがこれほどに辛《つら》く痛みを伴うものだと、吉野は知らなかったのだ。

「カルミネまでだろう？　そこまで、一緒《いっしょ》に行こうか」

「うん！」

如月はようやく笑《え》みを取り戻して、吉野についてくる。

会話をしながらカルミネの前まで来たとき、ぐらりと視界が揺れた。

「あ……」

どうしよう。

「吉野……さん？」

如月が不審《ふしん》そうな表情で振り返り、こちらに向けて足を踏み出そうとした。

「大丈夫」

そう言いかけて、吉野はもう一歩進む。

しかし、身体《からだ》にまったく力が入らない。

「顔……真っ青……！」

突然、その場にくずおれるように倒れた吉野の身体を支え、如月が悲鳴をあげる。

その声がずいぶん遠くで聞こえたような気がした。


「佐々木さん、電話です」

突然、フロアに出ていたギャルソンの一人が、厨房《ちゅうぼう》に入ってきた。

六十人分の料理を一息に出すため、厨房の慌《あわ》ただしさはいつも以上のものだ。佐々木は額に汗《あせ》したまま、振り返った。

「電話って」

こんなときに、電話を通さなくてもいいではないか。

「至急の用件らしいんだけど」

ここで彼を怒っても仕方がない。

今ならスープだし、一、二分だけならば持ち場を離れることはできるだろう。

佐々木は康原《やすはら》に「ちょっと頼《たの》む」と告げると、コードレスフォンを受け取り、慌《あわ》てて廊《ろう》下《か》に出た。

「はい、もしもし」

「千冬《ちふゆ》？　僕だけど」

こんな忙しいときに呼び出すから誰かと思えば、如月だった。

佐々木は呆《あき》れたようにため息をつく。

「なんだ？　今、忙しいんだ」

「それどころじゃないよ！　吉野さんが倒れたんだ！」

その言葉が明確な語義を伴って咀嚼《そしゃく》されるまで、しばしの時間が必要だった。

「――倒れた……？」

「救急車で運ばれて、病院なんだけど……千冬、聞いてる？」

訝《いぶか》しげな口調で尋《たず》ねる如月のその声が、どこか遠くから響いてくるような気がした。

錯覚だ。

くらりと目眩《めまい》がする。

吉野が。

どうして？　なんの理由で？

倒れたって、どういうことなのか……。

喘《あえ》ぐように息をつき、佐々木は壁に寄りかかる。自分の身体《からだ》を支えていることすら、今の佐々木には困難だった。

身体が震える。

「千冬？　ねえ、聞いてる？」

電話の向こうで如月が呼びかける声が聞こえてきて、佐々木は必死で声を絞《しぼ》り出した。

「生きてるのか？」

「命に別状はないけど」

その歯切れの悪さが気にかかった。もしや、昏睡状態《こんすいじょうたい》にでもなっているのだろうか。

「佐々木？」

厨房《ちゅうぼう》から顔を出した島崎に話しかけられて、佐々木ははっと我に返った。

「病院だけ教えてくれ。あとで行くから」

「あとって？　すぐ来られないの？」

如月が非難の声をあげたが、佐々木は意に介す余裕などなかった。

今の自分の仕事は、たった一つ。

この場所での職務を遂行《すいこう》することであって、吉野のもとへ駆けつけることではない。

命に別条がないなら、おそらく平気なはずだと、自分に言い聞かせる。

悲鳴のような如月の声が耳を打った。しかし、受話器の通話ボタンを乱暴に切ると、

「大事な仕事中なんだ」

「千冬……！」

佐々木は肩で息をついた。

このあいだ会ったとき、吉野はどうだったろう。

ダメだ。思い出せない。思い出しちゃいけない。

「これ、戻しておいてもらえませんか」

通りかかったギャルソンの手が空《あ》いているのを確認し、佐々木はコードレスフォンを託《たく》した。

厨房《ちゅうぼう》に戻った佐々木は手を洗い、再び料理を始めた。

すべきことは、自分の役割を果たし、与えられた仕事をこなすことだ。

吉野のことは、もう思い出してはいけない。

彼のもとへ向かう資格を得るために、今日のパーティーを成功させるのだ。

自分はこの厨房にいなくてはならない、料理人なのだから。

メインの一つであるオマール海老《えび》の春野菜仕立ては、佐々木が考えた自信作だ。

これを失敗するわけにはいかない。

バターで焼いたオマール海老は香りがよく、そして彩りのバランスもいい。神経を研《と》ぎ澄《す》まし、集中させ、料理へと自分を没頭《ぼっとう》させる。たとえば周囲の物音さえも意識しないほどに。

白い皿に盛りつけた料理は美しく、佐々木はふっと満足そうに息を吐いた。

六十人もの列席者に、さほど時間に差ができないように、けれども料理が冷めないうちのタイミングで、それぞれの食事を供する。それこそが佐々木の務めだった。

できた……。

あとは口直しのグラニテ、そして肉料理となる。

厨房《ちゅうぼう》は戦場のような騒ぎだった。

シンプルな牛フィレ肉のローストは、ポワソンとバランスもよく、そしてジューシーで美味《おい》しいはずだ。

「いいわ」

清水は力強く頷《うなず》くと、ギャルソンへと皿を託《たく》していく。

最後は、デセール。

結局、デザートビュッフェが一番いいだろうということになったのだが、佐々木はそのことには文句はなかった。

ウエディングケーキはパティシエが腕をふるって豪奢《ごうしゃ》な生ケーキを作ったが、それらは箱に詰めて列席者へとプレゼントされることになっていた。

無我夢中だった。

自分の組み立てたコース料理を、スタッフで力を合わせて作っていく。今さらかもしれないが、厨房《ちゅうぼう》の一体感が、ことさら強いもののように感じられた。

「お疲れさま」

ぽんっと背中を叩《たた》かれて、佐々木ははっと振り向いた。

そこには清水が立っていた。

——終わった……。

終わったことにすら、気づかなかった。

「あ…あの……」

「なあに？」

「お疲れさまでした」

それを聞いたものの、彼女は何も言わず、照れたように顔を背けた。

疲労のあまり、足ががくがくと震えてしまっていた。

フロアから拍手《はくしゅ》が聞こえてくるのに気づき、厨房を掃除し始めていた佐々木は一瞬《いっしゅん》顔を上げる。

しばらく掃除に没頭《ぼっとう》していると、島崎が「ちょっと」と清水と佐々木に声をかけた。

「矢内さんたちが挨拶《あいさつ》をしたいそうだ」

「え」

佐々木は困惑《こんわく》した表情を向ける。

「いいから、来なさい」

心なし島崎は機嫌がいいようで、その様子に佐々木はほっとした。安堵《あんど》とともにあとをついていくと、控《ひか》え室《しつ》に充《あ》てられている個室へと案内された。

「失礼します」

ドアを叩《たた》くと、ウエディングドレスを着替えた紀子《のりこ》が、こちらを見てにっこりと笑った。

「お疲れさまでした。今日は本当に素晴らしいパーティにしていただいて……」

式が終わったあとで興奮しているのか、頰《ほお》を紅潮《こうちょう》させて彼女は嬉《うれ》しそうに告げる。

それを見るだけで、佐々木の心には充実感が押し寄せてきた。

見たかったのは、この笑顔《えがお》だ。

島崎も、口々に礼を述べる新郎新婦の家族に笑顔で応《こた》えていた。

「本当に、スタッフもよくやってくれました。おかげで私も鼻が高い」

「これからも、結婚記念日はこちらに食事に来ます」

紀子の笑顔《えがお》が、胸にじんわりと突き刺さるように、痛い。

幸せな人間の幸せな笑顔というものは、こういうものなのだ……。

「お幸せに」

佐々木は掠《かす》れた声でそう告げると、紀子に向かって頭を下げた。

「ありがとうございます」

彼女が微笑《ほほえ》むのを見て、佐々木は自分が一つのハードルを越えたことを知った。

少なくとも、間違ったことはしていない。

選んだ道はいつも不器用だったが、回り道をしながらも、自分は望む方向へと歩いているはずだ。

厨房《ちゅうぼう》とフロアの片づけを終える頃には夜になっており、ミーティングが始まった。

「今日は皆、よくやってくれたと思う。ご苦労さま。帰ってゆっくり休んでください」

島崎がねぎらいの言葉を告げ、そして再び口を開いた。

不意に、誰かがぱちぱちと手を叩《たた》いた。

佐々木も手を叩こうとして顔を上げたとき、それが自分と清水のための拍手《はくしゅ》であることに気づいた。

鼻の奥がつんと痛くなって、泣きたい気持ちが押し寄せてくる。しかし、ここで泣くわけにもいかず、佐々木は黙って頭を下げた。

「なんだ、佐々木……目、潤《うる》んでんじゃん」

ソーシエの阿部《あべ》に茶化《ちゃか》すように言われて、佐々木は俯《うつむ》いたまま耳まで真っ赤になる。

「可愛《かわい》いところもあるってことか」

どっと笑い声が沸き、誰かがくしゃっと佐々木の頭を撫《な》でる。

そんなに優しくされたら、心が溶けてしまう。

頑《かたく》なに凍らせてきた、この心が。

「じゃあ、今日はこれで」

ミーティングが終了し、佐々木はふうっと息を吐く。

それと同時に、浮き足立っていた気分がのろのろと現実に引き戻されていく。

ロッカールームに戻ろうとしたとき、ギャルソンの一人が佐々木を呼び止めた。

「これ、さっき伝言が」

ギャルソンが佐々木にメモを手渡した。

それには、病院の名と病室の番号が書かれていた。

「病院……」

吉野のことが、まるで瞬《またた》く星のように脳裏《のうり》に煌《きら》めいた。

忘れていた……！

「佐々木さん、お疲れさまでしたっ！　ちょっと打ち上げしません？」

康原がにこにこと笑いながら話しかけてきたけど、それどころではない。

「悪い……俺、ちょっと用があって」

「え、そうなんですか？　これから？」

「ああ」

康原とそんな会話をすることでさえも、今の佐々木にはもどかしかった。

佐々木はシェフコートを丸めてロッカーに突っ込み、コートを羽織って従業員通路を飛び出した。

「おう、佐々木。ゆっくり休めよ」

「はい」

言葉をかけてくれた同僚《どうりょう》の声は嬉《うれ》しかったものの、そんな場合ではない。

佐々木はペーブメントを駆け抜けると、門をくぐり、大通りへと出る。そこで普段は利用することのないタクシーを捕まえて、「都立H病院へ」と告げた。

ここから広尾《ひろお》なら、そう遠くはない。

渋滞《じゅうたい》に巻き込まれないことを祈りつつ、佐々木は窓の外を眺《なが》めた。

倒れた……吉野が。

いったい、何が原因で？

病気だったとは、思えない。

少なくとも自分と一緒《いっしょ》にいた日々は、彼は健康体だったはずだ。

だいたい、どうしてよりによって今日なのか。

佐々木にとっては希望に満ちた一歩を踏み出すための、この夜なのか。

「お客さん、着きましたよ」

「はい」

佐々木は顔を上げると、千円札を数えて運転手に押しつける。お釣りの小銭《こぜに》と領収書をポケットに突っ込むと、佐々木はタクシーを降りて走りだした。

玄関へ駆け込む。

すでに院内は人気《ひとけ》がない。エレベーターが見つからず、佐々木は目についた階段を走りだした。

それから、そこでようやく病院内で走ってはいけないのだと、思い出す。

呼吸を整えて数歩、抑《おさ》えた足取りで歩きだした。

廊下《ろうか》を曲がったところで、ビニール貼りの椅子《いす》に座《すわ》り込《こ》んだ女性の姿を認め、佐々木は息を詰めた。

「……琴美」

もう何年も会っていなかったけれど、顔かたちだけでわかる。

どうして彼女が、ここに？

きりきりと胸が痛み、佐々木は自分の右手で心臓のあたりを押さえる。厚いコート地のざらりとした感触だけが手の中に残った。

「お兄ちゃん……」

彼女の唇《くちびる》が、動く。

琴美は椅子《いす》から腰を上げると、数歩こちらに向かって歩み寄る。

そして、ぱん、と佐々木の頬《ほお》を張った。

「っ！」

遠慮《えんりょ》など欠片《かけら》もないその行為に、佐々木は思わず頬を押《お》さえた。

「今さら、なんの用？」

「何って」

返す言葉がなかった。

頬が――熱い。

琴美は手加減することなく、佐々木を殴《なぐ》りつけた。もちろん、女の細腕で殴られてもたかが知れている。

しかし。

詰《なじ》られているのは、いったいなんのためなのだろう。

吉野を捨てて部屋を出たことか。それとも、こうして見舞いに来るのが遅れたことなのか。

麻痺《まひ》した頭では、もうそんなことも思いつかない。

「あいつは？」

喘《あえ》ぐように声を絞《しぼ》り出《だ》す。

怒りのためなのか、険しい表情をしている琴美は、確かに綺麗《きれい》で。

吉野の傍《かたわ》らに座《すわ》るには、充分な美しさを備えていた。

さぞやお似合いのカップルになるだろう。

「お兄ちゃんには関係ないでしょ」

己の発想と琴美の言いぐさに、佐々木はかっとした。

「いいから、どけよ」

佐々木は琴美の肩を摑《つか》み、押しのけようとする。

しかし、琴美は佐々木の前に立ちはだかり、頑《がん》としてその場を通そうとはしなかった。

「ダメよ。いったいなんの権利があるっていうの？」

「――――」

「お兄ちゃんにあの人に会う資格なんてないわ。帰ってよ」

腕力には彼我《ひが》の差がありすぎる。

しようと思えば、琴美を押しのけて病室に踏み込むことくらい、佐々木には容易《たやす》くできるだろう。

だけど、それができなかった。

足が動かない。

琴美と、吉野が。

いったいどういう関係なのか。

それを考えると、怖《こわ》くて足が竦《すく》んだ。

割り切っていたはずの事実なのに、それが認められない。認めたくない。

認めてしまうのが、怖い……。

「今は私があの人とつきあってるの。お兄ちゃんは部外者なのよ。わかった？」

死刑宣告にも似た言葉だった。

一言も言い返すことなく、佐々木は項垂《うなだ》れた。

それから、何も言わずにゆっくりときびすを返した。

「そうそう、せっかくだから病状くらい教えてあげる」

その言葉に、佐々木は弾《はじ》かれたように振り返る。

「軽い栄養失調と過労ですって」

最後の台詞《せりふ》は、佐々木にとどめを刺すに充分の威力を持っていた。

よろりと足がよろめき、佐々木は数歩後ずさる。そして、おぼつかない足取りで、逃げるように階段へと足を踏み出した。

無論、琴美は追ってこなかった。

階段を一段一段下りる。

堪《こら》えようと思ったのにそうしきれず、涙が零《こぼ》れてきた。

如月のところへ、行こう。

自分を無条件に甘やかしてくれるはずの幼《おさな》なじみに会いたくて、佐々木は地下鉄の駅へと向かった。


佐々木がやってくる、数時間前のこと。

吉野は心地よいまどろみの中にいた。

誰かの手が、頰《ほお》に触れる。

ときどき、こうして遠慮《えんりょ》がちに自分に触れてくる佐々木がいとおしくて。

千冬、と呟《つぶや》こうとしたけれど、妙に身体《からだ》が怠《だる》くて唇《くちびる》を動かすことすらできない。

「吉野さん……？」

遠慮《えんりょ》がちに呼びかけられて、吉野は睫毛《まつげ》を数度震わせた。

そして、ゆっくりと目を開ける。

「——琴美さん」

どうして彼女がここにいるのだろう……？

吉野のそんな疑問に応《こた》えるように、琴美はそっと微笑《ほほえ》んだ。

「約束の場所に来なかったから、携帯《けいたい》に電話したんです。そうしたら、たまたま睦くんが出て」

「そういえば、睦くんは……法事だっけ」

ようやく、あの当時のことが思い出されてくる。

「ええ。だから、付き添いを交代したんです」

ふんわりと琴美は笑って、吉野の前髪をそっと搔《か》き上《あ》げた。

「よほど疲れてたんですね。ずーっと目を覚まさなくて、心配しちゃいました」

「ごめんね、今、何時？」

「だいたい六時過ぎです」

そうか、と呟《つぶや》いて吉野は身を起こそうとしたが、自分の腕に刺さっている点滴の管を見てそれを諦《あきら》める。

「ごめん、本当に」

どう埋め合わせをすればいいのか、急には思いつかなかった。

「いいんです。あの、着替えとか、わからなくて……パジャマとかは買ってきたんですけど。点滴が終わったら、着替えてくださいね」

「うん……ありがとう」

何から何まで世話を焼いてくれる琴美の姿は、佐々木とは重ならない。

「もう少しここにいますけど、何か欲しいものとかあります？」

「大丈夫だよ」

吉野は控《ひか》えめに微笑《ほほえ》んだ。


如月の部屋の扉は、固く閉ざされたままだ。

佐々木はうろうろとその前を歩き回った挙《あ》げ句《く》、もう一度ベルを鳴らす。

返答はなかった。

まだ、仕事から戻ってきていないのだろう。

彼の部屋の合《あ》い鍵《かぎ》は、とっくに返してしまった。

春になったとはいえ、夜遅くともなれば、空気は冷たい。

いったい自分はこんなところで、何をしているのだろうか。

そう思った矢先だ。

エレベーターのドアが開き、そこからスーツ姿の如月が顔を覗《のぞ》かせた。

「千冬……？」

幼《おさな》なじみの姿を認めて、佐々木はほんの少しだけ表情を和ませる。

しかし、如月は佐々木の姿を無視して、鍵《かぎ》を開けた。

「睦。話がある」

「聞きたくない」

毅然《きぜん》とした声が返ってきて、佐々木は愕然《がくぜん》とした。

いったい今、彼はなんと言ったのか。

「聞きたくないって……？」

「僕、怒ってるんだよ、これでも」

それくらい、見ればわかる。口べたな佐々木はどうすれば如月の怒りの原因を尋《たず》ねられるのかを摑《つか》みかね、ぐっと黙り込んだ。

昔は世間知らずな如月を佐々木がたしなめ、導こうとすることが多かったのだが、最近は立場がすっかり逆転してしまっている。

頭ごなしに叱《しか》りとばされて意気消沈した佐々木を見て、如月はふうっと息を吐いた。

「入っていいよ、千冬」

なぜ如月が怒っているのか、佐々木にはわからない。

リビングに通された佐々木は、ぺたりと床に座《すわ》り込《こ》んだ。

すぐに、ココアのいい匂《にお》いが漂ってくる。如月はお湯で溶いたココアを佐々木に差し出し、自分はソファに深々と腰かけた。

「どうして、琴美を呼んだんだ？」

「だって、千冬は来られないって言ったでしょう？」

「だけど、俺は……会わせてもらえなかった」

佐々木は悔しげにそう呟《つぶや》いた。だが、如月の反応は意外なものだった。

「仕方ないんじゃない？」

如月に詰《なじ》られる覚えはなかった。

自分と吉野の関係を決めるのは、佐々木の権利だ。それはほかの誰にも咎《とが》めることなどできない。

しかし、その一方で。

いったい自分はなんの権利があって、吉野に会いに行ったのだろう？

もう自分と吉野は、恋人でも友人でもない。

ただの、赤の他人なのだ。

そしてそうなることを願ったのは、ほかでもない佐々木自身ではないか。

しばらくは、息をするのも躊躇《ためら》われるような、重苦しい沈黙が続いた。

「なんで、吉野さんを捨てたの……？」

「――――」

「どうして？」

答えられるはずがない。

しかし、真剣に回答を望む幼《おさな》なじみの視線に耐えきれず、佐々木は仕方なく口を開いた。

「一人前になれないうちは、俺には誰かを好きになる資格なんてどこにもない」

ただ、もっとも大切な人のそばにいられない。

その事実があるだけで、佐々木の今日の成功なんて、砂でできた城よりも脆《もろ》いもののように思えてくる。

「でも、千冬は冷たいよ！」

如月は声を張りあげそうになり、そして唐突に口を噤《つぐ》んだ。

佐々木はゆっくりと息を吐き出し、やがて視線を落とす。

「あの人がいなくなったら、俺には料理しか残らない。料理しか俺を支えられない。だから、料理を選ぶしかないんだ」

佐々木は懸命に言葉を並べ、己の感情を説明しようとした。

「一緒《いっしょ》にいられなくなって、辛《つら》いのは吉野さんだって同じじゃないか！　千冬一人が苦しむわけじゃない。なのに、そんな理由で……嫌いになったわけじゃないのに離れるなんて、我儘《わがまま》だよ」

ずきん。

胸が苦しい。

そんな鋭い言葉で抉《えぐ》らないでほしい。

「千冬、誰かにあの人を取られたって文句を言えないよ……」

こんなに激しく詰《なじ》られたのは、初めてだった。

佐々木は唇《くちびる》をぎゅっと嚙《か》み締《し》める。

言いたいことはいくつもある。いくつも、いくつも。

だけど口べたな自分には何も……言えなくて。

「——それでも、いいんだ……」

嘘《うそ》ばかりだ。

吉野を誰かの手に渡したくない。

だけど、吉野と離れることを望んだのは、佐々木のほうだったから。

だから、もうその権利なんてどこにもないのだ。

「帰る……」

ふらりと立ち上がり、佐々木は如月の部屋を辞した。

——誰もいない。

こんなとき、縋《すが》れるような相手が、佐々木には誰も……いない。

当たり前だ。

たくさんの人々の好意も愛情も、すべてを振り捨ててきたのだから。

自分には料理しかないのだと。

愛情を失うのが怖《こわ》くて、何もかも失《な》くすのが怖くて、佐々木は自分の手ですべてを粉々に打《う》ち砕《くだ》いてしまったのだ。

8

ゆっくり休んでいろと医師から厳しく言われたおかげで、今の吉野《よしの》は点滴以外はすることがない。ノートパソコンを持ち込みたかったが、医師ばかりか緑《みどり》と原田《はらだ》の二人がかりで反対され、仕方なくぼんやりと過ごしていた。

「つまらないな……」

ベッドの上に座《すわ》った吉野は、カーディガンを羽織ってため息をつく。差し入れにと如月《きさらぎ》が買ってくれた文庫本はいっこうにページが進まず、ページを眺《なが》めてはぼんやりと考え事をする始末だ。

栄養失調と、過労。

それだけで充分格好《かっこう》が悪いのに、ストレスによる味覚障害まで起こしかけていたのだから、始末が悪い。道理で最近、何を食べても薄味だと思うはずだ。

おまけに、入院先には不似合いの薔薇《ばら》の花束が吉野をますます不機嫌にする。いったいどこで嗅《か》ぎつけたのか、料理評論家の大滝《おおたき》が見舞いにと贈ってきたものだ。以前から吉野に思いを寄せ、執拗《しつよう》に誘い続ける中年男性で、うんざりとしているところだった。

そのとき、ドアがこつこつと叩《たた》かれる。

「はい」

大滝だったら、どうしようか。

そして……佐々木《ささき》だったら、どんな顔をして迎え入れればいいのだろう?

そうやって吉野は身構えつつ、ドアの向こうを睨《にら》みつけた。

「吉野さん、久しぶり」

「絵衣子《えいこ》……」

匂《にお》い立《た》つような艶《あで》やかな美貌《びぼう》を持つ女性は、吉野のことを見てふわりと笑った。

「栄養失調ですって? また食べるものをえり好みしたんじゃないの?」

「いや、単に食欲がなかっただけだよ」

彼女にこれ以上心配をかけまいと、吉野は微笑《ほほえ》みを作ってみせる。

「いいけど、早く元気になってね。仁科《にしな》が気にしていたわよ」

「仁科さんが?」

その名前は、吉野の心に密《ひそ》かに影を落とすものだった。

「ええ。あの日、取材で料理評論家の大滝さんがお店に来ることになっていたの。だから、はじめは、彼があなたを襲って怪我《けが》でもさせたのかと思っていたらしいわ」

「――有り難いことに、会わなくてすんだよ」

だから、この部屋に花が届いていたわけか。

仁科のいやがらせではないかと邪推《じゃすい》していただけに、安堵《あんど》の感情がわずかに芽生えた。

「不幸中の幸いってわけね」

「睦《むつみ》くんがいてくれて、助かったよ。カルミネの前だったから、君に迷惑《めいわく》をかけたんじゃないかと思って心配していたんだけど」

「私、今は仁科のオフィスに戻っているの。フロアマネージャーは別の者がいるし」

「そうなのか……？」

吉野は低い声で呟《つぶや》いて、それきり口を閉ざしてしまう。どうすればこの先の会話をまっとうできるのか、考えられなかった。

「ああ見えても仁科も心配しているんだけど、あなたに合わせる顔がないでしょ？　遠慮《えんりょ》しているみたい」

「今さらだな」

「――ごめんなさい」

うってかわって、何かを堪《こら》えるように押し殺した声で絵衣子は言った。

「つきあいは長いけれど、あの人の考えていることは、私にもよくわからないの……」

いつも気丈な彼女が見せる脆《もろ》い表情に、吉野の心臓は不吉な痛みに襲われる。

「いいよ、もう。あの人のことを怒るとか怒らないとか、そういう問題じゃないから」

問題は、たった一つ。

選択《せんたく》を迫られたときに、佐々木が自分を捨て去ってしまったということだ。

彼にとって自分はそれだけの存在だったという、一点に尽きるではないか。

なのに、来るはずがないとわかっていて、こうして見舞いにも来てくれない佐々木のことを待っている。どうしてこうも、自分は未練《みれん》がましいのか。

「仁科のことを、許すの？」

「許すわけじゃない。ただ、そのことを考えたくないだけだよ」

それが吉野の本音だった。

たゆたう霧《きり》のように、吉野の心の中には晴れないものがある。佐々木と自分を隔《へだ》てた発《ほっ》端《たん》を作ったのは仁科だが、最終的に判断を下したのは佐々木なのだ。

「……ねえ、林檎《りんご》持ってきたんだけど、食べる？　剝《む》くわよ」

取《と》り繕《つくろ》うかのように明るい声音で話す絵衣子を見て、吉野は無理をして表情を和ませる。

わざわざ買ってきたらしいペティナイフが、きらりと陽光を反射した。

広尾《ひろお》駅で地下鉄を降り、佐々木はのろのろと歩いた。

午後二時過ぎ。

この時間帯であれば、見舞いも許されるはずだ。春だというのに風は冷たく、コートを手放せないほどだった。

「……………」

都立H病院。

このあいだと同じように、佐々木は三階へと続く階段を上がる。

何に突き動かされてここにやってきたのか、自分でも理解のしようがない。

それでも手ぶらなのは体裁《ていさい》が悪いと格好《かっこう》を調え、佐々木は果物をいくつか籠《かご》に詰めてもらって、それを持参してきたのだ。

以前琴美《ことみ》に会った病室の前で、佐々木は足を止めた。

ネームプレートが収まっていた部分は、空になっている。

空室ということだろうか。

恐る恐る手を出した佐々木が、冷たいドアノブを摑《つか》んだときだ。

「何かご用でしょうか」

刺すように厳しい声が背後から飛んできて、びくりと身を竦《すく》める。慌《あわ》てて手を引っ込めて振り返ると、若い看護婦が立っていた。

「あの、……ここにいた吉野さんのお見舞いに……」

「ああ、あの方？　午前中に退院なさいましたよ」

「やっぱり」

佐々木はがっくりと肩を落とす。

「元気に、なりましたか？」

「元気になったから退院するんです」

彼女は佐々木の質問がおかしかったらしく、小さく笑《え》みを零《こぼ》した。

「それに、お見舞い客も女性ばかり。ほかの患者さんの目の毒だから、先生も早く退院させたのかもしれませんね」

「女性ばかり……？」

「冗談《じょうだん》ですよ」

くすくすっと笑うその声は、まるで小鳥の羽音のようだ。佐々木は微《かす》かに目を細めて、彼女の顔をまじまじと見つめた。

「でも、すごく格好《かっこ》いいでしょう。三日間入院していただけなのに、お見舞いも女性ばっかりで……四、五人来たわ。付き添いの方も一生懸命面倒を見てらしたけど、その方も美人でしょう。なんのお仕事しているのかって、話題になったくらい」

「……そうですか。ありがとうございました」

佐々木は密《ひそ》やかに礼を告げると、のろのろと歩きだそうとした。ロビーへと続く階段を下りながら、しだいに耐え難い感情に支配され歩くのが困難になってきた。佐々木は立ち止まり、その白い壁に寄りかかった。

酸素の濃度が薄くなったように、胸が詰まる。

吉野のいない世界、そこでは息をすることすら辛《つら》くて。

深海に沈んだような危うい気分に襲われる。

階段を上り下りする人々が不思議そうに佐々木を眺《なが》めていくが、頓着《とんちゃく》せずに佐々木は目を閉じた。両手に抱《かか》えた果物の籠《かご》が、妙にずっしりと重く感じられる。

その籠は佐々木の心中に漂う惨《みじ》めさと等量だった。

佐々木は階段を上がってきたパジャマ姿の幼女に「あげる」と言って押しつけると、階段を駆け下りた。


「せんぱーい。今日は真《ま》っ直《す》ぐ帰るんでしょ？　飲みに行きましょ？」

ことさら陽気な調子で緑に話しかけられたが、パソコンのディスプレーを睨《にら》みつけていた吉野は、彼女に向かって首を振った。

「悪いけど、今日はパス」

復職して二日目だったが、まだ仕事はたっぷり残っている。

この週末にかけて、さっさと仕事を終わらせてしまいたかった。

体調は元に戻りつつあるし、ストレスがなくなれば味蕾《みらい》の異常も戻るだろうというのが診断結果だった。今の吉野にとって、最良のストレス解消方法が仕事であることには間違いがない。何もかも忘れて没頭《ぼっとう》できるものがあったほうがよかった。

「なんで？」

「休んでいたせいで、仕事が溜《た》まってるんだ。早いうちに取り返さないと」

「だったらなおさら！」

苛立《いらだ》ちを交えた調子で告げると、緑は乱暴に吉野の肩を摑《つか》んだ。

それから、はっとしたようにその手を引っ込める。

「どうした……？」

「なんでもない。……それより、快気祝いに行くんだから、今日は二人とも残業禁止！」

宣言をするようにそう声を張りあげた緑に、吉野は面食らって目を見開いた。

「でも」

「でももへったくれもないの！　さ、行きましょ」

明るい口調と裏腹に、ぴりぴりとした張り詰めた空気を感じる。

吉野は原田と顔を見合わせ、結局彼女の言うことを聞こうと決めた。

こういうときの緑に逆らっても、ろくなことがない。それは経験則だ。おかげでまだ六時過ぎだというのに、近くの居酒屋に引っ張り込まれた。

「緑……どうしたんだ？」

「いいから今日はぱあっと飲みましょ！」

メニューを乱暴に開き、緑は三人分のビールを勝手に注文した。

「でも、緑ちゃん。先輩も困ってるし」

「あーっ、もういらいらするわねっ！」

緑は吉野をびしっと指さす。

「たかが一度や二度振られただけでうじうじするんじゃないわよっ！」

「緑ちゃん、そんな長い台詞《せりふ》でよく息が続くね」

原田ののんびりした合いの手が、ますます緑の苛立《いらだ》ちを煽《あお》ったらしい。

「原田くんもびしっと言ってよ。今の先輩は超格好悪《かっこわる》いって」

「でもほら、大事な人に振られたら落ち込みもするだろうし……」

「原田くんは甘いわ」

緑はぷうっと唇《くちびる》を尖《とが》らせた。

「ただ恋人が欲しいだけなら、いくらだって紹介するわ。でも、たかが振られたくらいでぐだぐだ悩まれると妙に腹が立つのよねっ！」

なぜこんなに詰《なじ》られなくちゃいけないのか。

吉野は辟易《へきえき》とした表情で、そこに運ばれてきたビールを飲んだ。

「わかってるよ」

「わかってるなら、しゃきっとしてください。先輩は業界のプリンスなんですからねっ。格好《かっこ》悪《わる》いところ見せたらみんなが幻滅しちゃいます」

怒りを見せるのに照れたのか、半分は茶化《ちゃか》した口調だったけれど、それは緑の本音に近いもののはずだ。

苦い感情と鬱屈《うっくつ》に支配され、吉野は困ったように肩を竦《すく》めた。

ここで自分を擁護《ようご》するための言葉を紡《つむ》いだところで、いったい何になるだろう。

すべては失われてしまった。佐々木もいなくなり、そして自分は同僚《どうりょう》の信頼《しんらい》をも裏切っている。台無しにしてしまっているのだ。

「――ごめんね、緑」

うってかわって泣きだしそうな表情で俯《うつむ》いた緑の頭に、吉野はそっと右手を載《の》せる。

胸に沁《し》みるように、そのぬくもりが痛い。

わかっていた。

佐々木がもう戻ってくることはないのだと、一度壊れてしまったこの恋は二度と元どおりにならないのだと、吉野だって知っていた。

それでも、諦《あきら》められないほどに愛していたのだ。

「大丈夫だよ、緑。千冬《ちふゆ》のことは、もう忘れるから」

そう言って、吉野は密《ひそ》やかに笑う。

嘘《うそ》だ、忘れられるはずがない。自分はまだこんなにも、彼に未練《みれん》と愛情を抱いている。

だいいち、佐々木が見舞いに来てくれることを心の片隅《かたすみ》で願っていたではないか。

如月が佐々木に知らせたと言っていたから、本当はほんの少しだけ、彼が来てくれることを望んでいた。

しかし、吉野が倒れようがどうしようが、もう佐々木にとっては関係ないのだ。どうでもいい事象として処理されているに違いない。

だから、吉野も心に決める。

もう佐々木のことは思い出さないようにしようと。

愛情を失ったら、彼に対する感情はなんと名付けられるのだろう？

感傷か、諦念《ていねん》か、未練か、それとも憎悪になるのか。

どちらにせよマイナスの感情しか残らないかもしれない。

だけどそれを選んだのは——佐々木なのだ。

彼は愛情が、いつしか負の感情になるという法則を、知っているのだろうか。

それは万人の上に絶え間なく起きる流転で、吉野とてまた例外ではないことを。

路上に佐々木の足音だけが、微《かす》かに響く。

疲れた身体《からだ》を引きずって辿《たど》り着《つ》く先は、誰も待っていないアパート。すでにここに帰るのにも慣れているが、時折、どうして自分が降りる駅は表参道《おもてさんどう》ではないのかと、不思議な違和感を覚えることもある。

階段を上って部屋に行こうとした佐々木は、集合ポストの郵便物が、そろそろ限界に達して溢《あふ》れそうになっているのに気づく。いちいち取るのは面倒で、二、三日に一度覗《のぞ》くだけにとどめていたのだ。

佐々木はそれをひとまとめにしてポストの口から引き出すと、ドアを開ける。そして、ばさっと玄関に放《ほう》り投《な》げた。

その途端に、一通の茶封筒が足下に落ちた。

「あ……」

佐々木千冬様、と書かれたその筆跡に見覚えがある。

ずきんっと心を司《つかさど》る器官が震えた。

糊《のり》付《づ》けが甘かったので、指で剝《は》がそうとすると、すぐに開封できた。

中身は、一枚の絵はがきと小さめのメモ。

『お元気ですか。江藤《えとう》さんからのエアメイルが届いたので転送します。吉野』

たった二行の文面に、佐々木の心はあっという間に掻《か》き乱《みだ》された。

他人行儀《たにんぎょうぎ》すぎる文章。冷たい筆致《ひっち》。

だけど、吉野にこんな真似《まね》をさせているのは、ほかでもない自分自身なのだ。

江藤からのエアメイルは、吉野の住所に宛《あ》てられている。そういえば、引っ越したという知らせをまだ出していなかったのだと、佐々木はぼんやりと思い出した。

フランスで頑張《がんば》っている江藤の報告を読むと、胸が詰まって、最後まで読めなかった。

こんな不器用な自分が嫌いだった。誇《ほこ》りを持てるはずがない。

人は家庭と仕事を両立させられるのに、なぜ自分だけは、それができないのか。

そう考えると惨《みじ》めで、そして情けなかった。

吉野の声が聞きたい。無性に、彼の声を聞きたい。

「……くそ」

手紙のお礼と、体調を訊《き》く。それでいい。

佐々木は自分を正当化するための理由を捻《ひね》り出《だ》すと、止めがたい衝動に駆られて、受話器を摑《つか》んだ。

そして、番号をプッシュする。

吉野の部屋の番号を。
数度の呼び出し音のあと、受話器が上がる気配がした。
「はーい、もしもし……吉野ですけど」
女性の声だった。
どこかで聞いたことのあるその声に、佐々木は慌《あわ》てて受話器を置いた。
琴美だろうか？
いや、正確にはわからない。
誰だ？　吉野は誰を家に上げているんだろう？
粉々になる。砕《くだ》けてしまう。心臓が。
あの人が誰かのものになってしまう……。
その狂おしいほどの恐怖に、佐々木はぞっと身を震わせた。
「嫌《いや》だ……」
嫌だ。嫌だ。そんなの、許せない。
フローリングを引《ひ》っ掻《か》き、佐々木はそれに力無く爪《つめ》を立てる。
身体《からだ》ががくがくと震え、まるで瘧《おこり》のようだった。
離れて、やっとわかった。
自分がどれほど彼を愛しているのか。どれほど彼を必要としているのか。

独《ひと》り立《だ》ちするのに吉野の腕は必要ないと突っぱねておきながら、本当は誰よりも強く、彼の存在を求めている。

彼が誰かのものになってしまうことなんて、耐えられない。

平気なわけがなかったのだ。

どうして今まで気づかなかったのだろう。認めようとしなかったのだろう。

如月に詰《なじ》られ、妹に責められ、佐々木はようやく知った。

これがたった一人になるということなのだと。

幼《おさな》なじみにも家族にも疎《うと》まれ、恋人すらそばにいてくれない。

この茫漠《ぼうばく》とした冷たさこそが孤独なのだ。

だったら、一刻も早くレピシエを取り戻さねば。

自分が料理人として独り立ちしなくては、吉野の前に立つ資格がない。

そう、佐々木はこの期に及んでもなお、一ミリグラムの希望の存在を信じていた。

いや、そうせずにはいられなかった。

今の佐々木にとっては、レピシエを取り戻すことは、愛情の復活と同義だった。

料理においては、このまま頑張《がんば》ればソーシエになれる。きっと。

あとは金さえ貯《た》めれば。

お金さえ、あれば――。

「佐々木さんがその気になってくれて、嬉《うれ》しいよ」

傍《かたわ》らを歩いていた柚木《ゆずき》は、佐々木の顔を認めてぱっと笑う。顧客になるというのに敬語も使わない彼のその闊達《かったつ》さが、今の佐々木には心地よかった。

「はい」

「ところで、今日はどちらに？」

乃木坂《のぎざか》の駅で待ち合わせ、そこから徒歩で数分。佐々木は懐《なつ》かしい空気の漂う、レピシエに続く路地を歩いていた。

「レピシエ」

「レピシエ……？　ああ、もしかして、前にやっていたっていうお店ですか？」

康原《やすはら》からいろいろと聞いていたのか、柚木はすぐに察したようだ。仕立てのいいスーツからは吉野とは違う匂《にお》いがして、佐々木はわずかに頰《ほお》を染めた。

どんなときでも、自分は吉野と比べてしまう。

自分の傍らを歩くのが、いつも吉野だったせいで。

確かに背格好《せかっこう》は吉野に似ているが、顔は似ても似つかないし、仕草も違う。彼から吉野と同じ要素を探すことのほうが難しいほどだ。

いう。

レピシエの後に、テナントとして入っていた雑貨店は、今月いっぱいで撤退するのだと
「ここ」

レピシエの面影《おもかげ》を残すその店の前に立ち、佐々木は深呼吸を試みる。

「ここか……」

柚木は小さく呟《つぶや》いて、そして黙り込む。

しばらくの沈黙ののち、ゆっくりと佐々木のほうを振り返った。

「頑張《がんば》って取り返しましょう」

「えっ？」

「お店を再開させるための資金が必要だって、あいつに聞いてるから」

彼は味方になってくれるのだ。

たった一人になってしまった佐々木に、柚木は笑ってくれる。

一人きりでレピシエを再開させようとあがく佐々木の夢を、笑ったりしない。

じんわりと胸の奥に、温かいものが広がっていく。

そんな佐々木の背中を軽くぽんと叩《たた》き、柚木は口を開いた。

「じゃ、何か旨《うま》いもんでも食べに行きましょう。契約書類はそこで書いてもらえるし」

「——はい」

佐々木は躊躇《ためら》いがちに頷《うなず》く。

レピシエを失《な》くしたときの惨《みじ》めさも、吉野と離れ離れになったときの悲しみも、決して色褪《いろあ》せたりしない。

忘れられないから、先に進みたいと願う。

もっと強くなり、成長し、自分の本当に欲するものを手にしたいと祈る。

カルミネに入ろうと誘われたが、佐々木はそれをあえて断った。大通りにあるパスタ店を選び、チケットセンターの二階にある店へと足を踏み入れた。

ランチタイムの店はごった返していたが、たまたま空《あ》いていたらしい窓際の席に案内された。メニューを見て、佐々木はカルボナーラ、柚木はシーフードドリアのセットをそれぞれに注文する。

当分時間がかかるだろうと見越したのか、柚木は鞄《かばん》から書類を取り出した。

「じゃあ、先に書類を確認してもらうことにして、と」

「うん」

「まずこの一枚目なんだけど……」

佐々木は柚木の説明を聞こうとしたが、通りに注意を奪われた。吉野に似たセピア色の髪の人物を見つけ、食い入るように窓の外を見つめた。

……違った。横断歩道を渡り始めた男は、吉野とはまったく似ていない。

「佐々木さん、聞いてる?」

「えっと……まあ」

曖昧《あいまい》に言った佐々木を見て、柚木は最初から説明を繰り返す。とりあえず証券会社に、株を管理するための口座を作らなくてはいけないのだという。

本当は支店に行ってもいいのだが、柚木はこのあとも営業の仕事がある。

「じゃあ、契約書に記入をお願いします」

柚木はにこやかに笑って、佐々木にボールペンを差し出した。

複写式の書類は、ほとんどが佐々木には意味不明の文字の羅列《られつ》で、頭が痛くなりそうだ。

雨滴を落としたように滲《にじ》んで麻痺《まひ》した思考は、霞《かすみ》がかかっていて上手《うま》く働かない。

それでも自分の住所と氏名を記入し、最後に印鑑《いんかん》を押す。

そこでちょうど、食事が運ばれてきた。

「何かわからない点があったら、また説明するけど」

ちょっとくだけた言葉遣《ことばづか》いをされて、佐々木は慌《あわ》てて首を振った。

何しろ、話が話だけに、休憩時間にちょっと出て柚木と話をするわけにいかず、佐々木は休日をまるまる一日潰《つぶ》すことにしたのだ。

パスタはそんなに美味《おい》しいものではなかったが、柚木は快活で話し上手だった。

「康原は、もともと俺の弟のクラスメイトだって、言ったでしょう」

「はい」

「あいつ、昔からそそっかしいけど、料理だけは上手《うま》くて。なんだかんだと、うちに入り浸っては旨《うま》いもん食わせてくれてたな」

ドリアを食べている途中だった柚木は頬杖《ほおづえ》を突き、それから遠くを見るようなまなざしになる。

「俺はそういうあいつが、羨《うらや》ましかった。今でもそれは変わらない」

「でも……康原は、あんたのことを尊敬してるって」

「まあ、やりがいのある仕事って点では、どっちも一緒《いっしょ》だな」

うん、と柚木は大きく頷《うなず》く。

「うちと取り引きすることで、佐々木さんの店を再開させる資金を取り戻せたら、それはすごく嬉《うれ》しい」

「本当に？」

思わず懐疑的《かいぎてき》な調子で、佐々木は問い返してしまう。

「そりゃそうだ。お客さんの喜ぶ顔を見たくて仕事をするのは、営業マンもシェフも同じもんだと思うな」

にっと笑った彼は、舌先でぺろりと唇《くちびる》についたチーズを舐《な》める。それが子供じみて見えて、とてもおかしかった。

「もちろん、ノルマがきつくてあいつに泣きついたところもあるんだけど……実際、今月はノルマ達成できそうになくて、佐々木さんから連絡があってすごく助かったんだ」

ちらりと漏《も》らした彼の本音が、佐々木の心に響く。

この人ならば、きっと大丈夫だ。

他人を滅多《めった》に信じない佐々木でも、柚木のことならば信頼《しんらい》できる気がした。

「康原のところは、どういう取引を……？」

「市況を見て、小刻みに売り買いをしている。あそこは額がまとまってるし」

「ふうん……」

「康原の親父は、市況を見る目はあるな」

柚木の言いたいことはよく理解できなかったが、そのあたりはもらったパンフレットと参考文献《さんこうぶんけん》を読めばいい。

「自分のお金を使うんだから、最低限のことは理解してもらわないと」

「うん」

佐々木はこくりと頷《うなず》いた。

食事をごちそうしてもらったあと佐々木は銀行に立ち寄り、下ろした金額を柚木に託《たく》した。週末を挟むため、銀行振り込みでは口座を開けるのがあとになると言われたからだ。

とりあえず、最初は二種類の株を買うということで、三十万用意した。

株は千株単位の取引だから、最初は株式ミニ投資という新しい商品を買って、少しずつ覚えていこうというのが柚木の言葉だ。

通信関連の株と社名を言われてもぴんとこなかったけれど、柚木に任せておけば大丈夫だろう。

そんな安心感と信頼《しんらい》が、佐々木の内側に芽生え始めていた。

9

待ち合わせた場所は、渋谷《しぶや》のバー『アンビエンテ』。

仁科《にしな》がもっとも気に入っている店の一つで、話をしたいときは向いている。このほかに仁科は『クレスト』という店も経営していたが、クレストはどちらかといえば、カップルで訪れるための空間だ。

女性や若い客が多いのが難点だったが、アンビエンテのほうが話しやすい。仁科が新《しん》宿《じゅく》店よりも渋谷本店を好んで訪れる理由は、それなりに愛着がある店だからだ。

「——それで、なんのご用ですか？」

カウンターからほんの数メートルも離れていないシート。

その向かいの席に座《すわ》った雨宮《あめみや》は、相変わらず憮然《ぶぜん》とした表情で仁科を睨《にら》む。

「いや……ほら。そろそろ君にも覚悟を決めてもらおうと思ってね」

「覚悟？　どうして僕が、そんなことをあなたに指示されなくちゃいけないんですか」

とりつく島もないのだが、仁科はそんな雨宮とのコミュニケーションを、それなりに楽しんでいた。

「少なくとも、俺は君を必要としている」

「しつこい男は嫌われますよ」

「君は俺を嫌ってないだろう？」

ああ言えばこう言う仁科に疲れてしまったのか、彼はふうっとため息をついた。

もっとも屁理屈《へりくつ》を言うのは雨宮も一緒《いっしょ》だし、なんだかんだと互いに似たもの同士なのかもしれない。

「もっとも、君に嫌われるのも忍びない。これで最後にするよ」

これ以上雨宮につきまとったところで勝算はない。

それどころか、彼に鬱陶《うっとう》しがられて嫌われるのは目に見えている。

もっとも、彼は本質的なところで仁科を嫌ってはいないはずだ。むしろ、仁科を利用して貪欲《どんよく》に学習しようとしている。エリタージュの味やアンビエンテの雰囲気《ふんいき》というものを、頭の中に叩《たた》き込《こ》んでいるはずなのだ。

「もう一人来るはずなんだが――遅いな」

「そうですか」

彼は微《かす》かに目を瞠《みは》って、カウンターの中にいる美貌《びぼう》の青年に視線を投げた。

抑制《よくせい》の利《き》いた笑《え》みを浮かべて、成見《なるみ》がこちらに一瞬《いっしゅん》目配せをしたのだ。

流麗にシェイカーを振るその仕草は、誰よりも美しいものだろう。

そのとき、ドアが開く気配とともに、「いらっしゃいませ」と店員が声をかけるのが聞こえてきた。それから、ぱたぱたという足音とともに、如月《きさらぎ》がテーブルまでやってきた。

「遅くなってしまって、申し訳ありません」

如月はぺこりと頭を下げる。

それから顔を上げて、「あっ」と息を呑《の》んだ。

「どうした？」

「君……」

雨宮は如月を訝《いぶか》しげな瞳《ひとみ》で見つめている。そのまなざしは仁科に対する険しいものとはまた違っており、仁科は不思議な気分になった。

如月には人を和ませる独特の能力があるから、その空気に影響されたのかもしれない。

「まあ、そこに座《すわ》って」

如月は仕方なさそうに仁科の隣《となり》に座り、それからメニューに手を伸ばした。

「二人とも、知り合いだったのか？」

「いえ、知り合いっていうより、このあいだお店にいらしたんです」

「ということは、デートか？　君も隅《すみ》に置けないな」

「一人で、です」

なおも憮然《ぶぜん》とした顔つきで雨宮は言い切った。

「嬉《うれ》しいな。売り上げに貢献《こうけん》してくれたわけか」

雨宮が単身でリストランテ高橋《たかはし》に来たということは、何か知りたいことがあったのだろう。おそらくは店の雰囲気《ふんいき》や従業員の対応を、仁科抜きで一介の客としての目線で見たかったに違いない。

「……とりあえず、自己紹介してもいいですか？」

オレンジジュースをオーダーした如月は、くるりと大きな瞳《ひとみ》で仁科を覗《のぞ》き込《こ》んできた。

「──ああ」

確かに、その手順を忘れていた。

「如月睦《むつみ》です。リストランテ高橋でギャルソンをしながら、簿記《ぼき》の勉強をしてます」

「セレブリテに勤める……雨宮、立巳《たつみ》です。料理人ですけど」

静謐《せいひつ》さが立ちこめる雨宮の声を聞いて、如月はにこっと笑った。

「セレブリテって名前だと……フレンチ？」

「そう」

「わあ、すごい！　僕も昔、ビストロをやっていたんだよ」

如月は運ばれてきたオレンジジュースのグラスの脚《あし》部分を右手で掴《つか》むと、軽くそれを傾けて乾杯《かんぱい》のポーズを取る。

それに応《こた》えて、雨宮は自分のロングカクテルのグラスをそっと掲《かか》げた。

「で、今日は僕を呼んでどうしたいんですか？」

「率直な意見を話してやってくれないか。うちのオフィスのこととか」

「ああ、やめたほうがいいですよ」

さらりとした口調で言ってのけると、如月は雨宮に向かって微笑《ほほえ》んだ。

「商売の才能があるなら、絶対、自分がオーナーシェフになるべきだと思いますけど」

「その才能がなかったから、君たちは店を一軒潰《けんつぶ》したんだろう」

仁科は茶化《ちゃか》すように言ってやった。

「それはそうですけど」

会話が一時、途切れたため、仁科は雨宮のほうに向き直る。

「このあいだ、エリタージュでポワソニエに会っただろう？」

「確か……佐々木《ささき》さんでしたか」

あやふやな記憶《きおく》を辿《たど》るように、頼《たよ》りなげな反応が返ってきた。

「そう。あの佐々木くんと一緒《いっしょ》に、睦ちゃんは店をやっていたというわけだ」

睦ちゃんと呼んでから、彼はその呼称にはもう相応《ふさわ》しくないのかもしれないと思い直す。

「そうですか。じゃあ、簿記《ぼき》の勉強っていうのは？」

「リストランテ高橋で働きながら、専門学校行ってるんです。できればフードコーディネーターの資格も取りたいんだけど」

雨宮は興味深げに質問を重ねる。如月はそれらの問いに、一つ一つ丁寧《ていねい》に答えていった。

「将来は、レストランのオーナーになるんですか？」

ひっそりと濡《ぬ》れたような声音で、雨宮は疑問を挟む。

「いちおう。そのつもりで勉強してます。本当は、ただのギャルソンが一番いいんだけど……千冬《ちふゆ》、頼《たよ》りないし。あ、千冬っていうのは、その、エリタージュでポワソニエやってる幼《おさな》なじみなんです」

「そうですか」

如月はしだいに熱っぽい口調で、レストランについて語る。驚いたことに、雨宮は彼の話を素直《すなお》に聞いているようだった。

会議が行われる部屋は、このビルの十二階にある。エントランスを通り抜けた吉野《よしの》は、憂鬱《ゆううつ》な表情でその場を行き過ぎた。

エレベーターホールで立ち止まると、ボタンを押す。待機していたエレベーターのドアが開いたため、吉野は一人でそれに乗り込んだ。

『12』と書かれたボタンを押す前に、ゆっくりとドアが閉まっていく。

その瞬間《しゅんかん》に誰かがドアを摑《つか》んだ。

「あ」

吉野は咄嗟《とっさ》に『開』と印字されたボタンを押す。

「悪いね」

入ってきた男は平然とそう言うと、吉野に向かって微笑《ほほえ》む。

吉野は無言で『12』を押そうとしたが、仁科はその腕を摑み、代わりに最上階のボタンを押した。

乱暴に右手を振りほどこうとすると、彼は至極あっさりとその手を離した。

だから、今日の会議は嫌《いや》だったのだ。仁科と顔を合わせるのがわかっていたから。

「——入院していたんだって？」

もう三週間も前のことを話題にされて、吉野はそれだけ長く、仁科の顔を見ていなかったことに気づく。

「だいぶ前のことです」

いつまでも怒っている態度を見せるのもさすがに大人げないだろうかと、吉野はいちおうは口を開いた。ただ腹立たしいのは、向こうが吉野に悪いと思っているわけではなく、単にいつもと同じなれなれしさで話しかけているという点だ。

「元気になったようで安心したよ。このまま病気にでもなられたら、俺も寝覚めが悪い」

「いちおう心配はしているんですか」

ぴしゃりと厳しい声音を出してみたが、仁科はまったく意に介す素振りすら見せない。

「栄養失調なんて、美食家失格だな」

「……あなたに言われたくないですね」

味蕾《みらい》のほうも治ったし、もう蒸し返されたくない。吉野がなおも素っ気なく言い捨てると、男は面白《おもしろ》そうに口元を綻《ほころ》ばせ、皮肉めいた笑《え》みを作った。

「まだ拗《す》ねているのか」

「拗ねてるも何も、それはあなたが……」

「なんだ、恋人に振られたのを人のせいにする気か？」

揶揄《やゆ》する口ぶりに、吉野はぐっと黙り込む。

エレベーターが最上階に着く。仁科はようやく『12』のボタンを押した。

「彼なりにずいぶん頑張《がんば》っているようだ。ソーシエに昇格する日も近いだろうね」

「そうですか」

換言《かんげん》すれば、それは吉野のもとからいなくなったからこそ成功しているのだと言われているようで、気分がよいものではなかった。

「見たくないのか？　愛情も何もかも振り捨てた人間が、どうなっていくのか」

いつもとなんら変わらぬその冷たすぎる口吻《こうふん》に、吉野ははっとして、思わず仁科の背中を凝視《ぎょうし》した。

くるりとこちらを振り返った男は、吉野の耳元に唇《くちびる》を近づける。

そして、「一人でどこまで頑張《がんば》れるか、見ていてやろうじゃないか」と吉野に囁《ささや》いた。

「彼は強さを勘違《かんちが》いしているんだ。佐々木くんは、世界には君と自分しかいないと思い込んでいるからこそ、本当の孤独がどんなものか、わからない。——もっとも、そのうち嫌《いや》でも味わうことになるだろうけどね」

その不吉な予言めいた言葉に、吉野はぞっとした。

鼓膜《こまく》に絡《から》みつくように注ぎ込まれた声は、ひどく甘い。

官能と紙一重の部分で他人を籠絡《ろうらく》しようとする仁科という男は、いったい何を望み、願っているのか。

「君も楽しみだろう？」

離れる間際に耳朶《じだ》に触れた唇の感触が、やけに生々しい。

吉野が思わずそこを手で押さえると、仁科はくすくすと笑った。

仁科を許すつもりはなかったというのに、怒りはもうこれ以上波立たない。

それは、佐々木のことを諦《あきら》めたせいなのだろうか。

いや、違う。完全に諦《あきら》めたわけではない。

諦めようと、忘れようと吉野なりに努力し続けているその結果だった。

仁科はただきっかけを与えただけにすぎず、実際に選んだのは佐々木なのだから。


短い休憩時間を活《い》かして滝川《たきがわ》亮子《りょうこ》に会う約束をしている佐々木は、足早に歩く。

あれから、柚木《ゆずき》からは購入した株の預かり証やら何やらが届いた。はじめのうちは買った株の値段が気になったが、新聞を購入していない佐々木にはだんだん値段を調べるのが面倒になり、今は柚木が厚意で送ってくるレポートだけが頼《たよ》りだった。

取引を頼《たの》んでまもなく三週間ほどが経過するが、今のところは問題がない。康原《やすはら》の先輩ということで佐々木を特別扱いしてくれるらしく、多忙だというのに親切だった。

吉野に会うまでは株絡《かぶがら》みの職業というとあまりいいイメージがなかったのだが、柚木のその屈託《くったく》のない性質も手伝ってか、彼に会うと安らぐものがあった。

「佐々木くーん、こっちこっち」

オープンカフェのテラスでひらひらと手を振る亮子を見て、佐々木は表情を和ませる。

足早に横断歩道を渡って、約束のカフェにいる亮子のもとに駆け寄った。

「ごめんなさいね、急に呼び出しちゃって」

「べつに」

薄曇りという天候のせいか、オープンカフェのテラスは少し肌寒《はださむ》い。

佐々木はホットカフェラテを注文すると、亮子に視線を投げた。

呼び出された理由を、まだ知らされてはいない。

「今日はね、取材のお願いに来たの」

「取材？」

「うん、そう」

亮子はそう言うと、「企画書なの」と言ってA4サイズの数枚の紙を見せた。

『料理人の薦めるとっておきの店（仮）』と書かれている。

「エリタージュだったら島崎《しまざき》さんに頼《たの》もうと思ったの。けど、島崎さんが、若手ならあなたか清水《しみず》さんのほうがいいって言うから。このあいだは清水さんに取材したし、じゃあ、今回は佐々木くんねって思って」

彼女はあくまでも、屈託《くったく》がない。

「嫌《いや》なら顔写真を出さないから、どうかしら？」

「どうって言われても……」

佐々木は小さく口ごもった。

「ダメなら、参考までに最近通っている秘密のお店とか、教えてくれるだけでもいいわ」

「──」

あれ、と自分でも思う。それくらい、簡単なはずなのに。

変だ。

「どうしたの……？」

そうでなくても寡黙《かもく》なたちなのだが、急に押し黙った佐々木を見て、亮子は不安そうに表情を曇らせる。

「俺……」

薦められる店を、思いつかなかった。

ひとつもない。

セレブリテでさえも、この頃は足を踏み入れていないのだ。

雨宮のことも仁科のことも、自分の中でどう折り合いをつければいいのか、わからないせいで。

「──思いつかない」

「え？　どういうこと？」

「店……行ってないんだ、最近」

新しい店を開拓《かいたく》するとか、勉強のためにほかのレストランに通うとか。

佐々木はそういう努力をここのところ怠《おこた》っていたのだ。

「そうなの？　前はあんなに熱心にほかのお店に通っていたのに」

驚いたような亮子の言葉に、佐々木はますますショックを受ける。

それを見て、亮子は慌《あわ》てて口元を右手で押さえた。

「あ……ごめんなさい。そうよね、佐々木くんにも都合があるわよね」

「いや、いい」

「でも勉強不足になっちゃわない？　ほかのお店の味を盗むのも、料理人として大切なことだと思うわ」

「――ああ」

いつから忘れていたのだろう。

自分はそうでなくとも、視野狭窄《しやきょうさく》に陥る傾向にある。吉野がいるからこそ、辛うじて別の見方をすることができた。

だとしたら、吉野と離れたことが、じつは間違っていたのだろうか。

佐々木はそんなことを思ったが、それを一瞬《いっしゅん》で否定する。

そんなはずはない。

自分はウエディング・パーティを成功させたし、それなりに頑張《がんば》っている。

吉野と離れたのは最善の選択《せんたく》で、そうしなければいけないはずだ。

「じゃあ、この企画は清水さんに持っていくことにするわ。――けど、露出に差が出ると、ますます清水さんのほうが立場が強くなっちゃうと思うんだけど」

「俺、ただのポワソニエだから……」

佐々木は絞《しぼ》り出《だ》すような声でそう言うと、ぬるくなったカフェラテを飲み干す。

「ただの……って？　それでいいの？」

「――よくはないけど」

自分の進んできた道が間違っていないと信じているのに、なぜこんなにも心が傾《かし》ぐのだろうか。どうして掻《か》き乱《みだ》されるのか。

袋小路《ふくろこうじ》に迷い込みそうになる。戸惑《とまど》い、躊躇《ためら》い、後悔という名の。


キッチンからいい匂《にお》いが漂ってきて、吉野はどことなく落ち着かないものを感じる。

「吉野さん、もうちょっと待っててね」

エプロンをつけた琴美《ことみ》があちこちと歩き回っているのを見て、吉野は息を吐いた。

広い部屋は友人たちにとって格好《かっこう》のたまり場だったらしく、緑《みどり》や山下《やました》が取っ替え引っ替え遊びに訪れていた。琴美のことも、その一環だ。べつにつきあっているわけじゃない。

彼女だってそれは承知のうえだろう。

とはいえ、吉野はどうしてもこういう強引《ごういん》なタイプの女性には弱い。今はフリーで佐々木に遠慮《えんりょ》する必要もないのだという、そんな曖昧《あいまい》な線引きも存在する。

このあたりが吉野が優柔不断だと言われるゆえんなのだが、こればかりは仕方がない。

今日だって、電話で吉野がいることを確認すると、すぐに琴美は材料を買って押しかけてきた。今の自分は、琴美の心を捕らえるほどに魅力《みりょく》があるのだろうか。

「どうかした?」

彼女がくるっと振り返ったので、吉野は慌《あわ》てて首を振った。

「いや、誰かが料理してる光景っていいなって思ったから」

「男の人ってそういうのに弱いのよね」

ふふっと彼女は笑う。

つきあっているというほどではないが、琴美とは何度かデートをした。

手も握らない吉野に対して、腕を組んだりして積極的にアプローチするのは、いつも琴美のほうだ。

口も利《き》かずにビールをさらに呷《あお》った吉野を見て、琴美はくすっと笑った。

「吉野さん、困った顔してる」

黒目がちの瞳《ひとみ》は潤《うる》んだような色を帯びていて、そこがよく佐々木に似ている。その瞳を見つめるたびに、彼にくちづけたくなった。

でも今は、愛を囁《ささや》くための機能は壊れてしまって、吉野の唇《くちびる》は乾いたままだ。

「そう？」

「うん。このままだったら、私のこと傷つけるって、思ってるでしょ？」

まさに、図星だった。答えを失った吉野を見て、琴美は一瞬《いっしゅん》唇《くちびる》を尖《とが》らせる。

「だったら優柔不断なの、やめればいいのに」

「……ごめんね」

一拍置いてから答えた吉野を見て、琴美は肩を竦《すく》めた。

「べつに怒ってるわけじゃないの。今日だって、私が勝手に押しかけただけだし」

「助かってるよ。君といるのは、楽しいから」

「だったらいずれ、女友達から恋人に昇格させてほしいけど」

もう一度面白《おもしろ》そうに声を立てて笑ったあと、彼女は再びキッチンへと戻った。

琴美の言うとおりだ。

恋するチャンスは人生で一度きりじゃない。

吉野だって、大切だった女性と別れたあと、もう誰にも恋をできないと思っていたのに、佐々木と出会ってしまった。

それと同じように、また誰かと恋に落ちてもかまわないのだ。

10

エリタージュのペーブメントに植えられた桜の蕾《つぼみ》が、しだいに膨《ふく》らみ始《はじ》めてきた。おそらく来週には見頃になることだろう。

佐々木が一人暮らしを始めて、そろそろ三か月目になる。生活を切りつめて給料の一部を貯金するのは大変だったが、案外なんとかなるものだ。

「やっぱり花見だよな、花見」

「うちの店の外でできるだろ。桜の木が植わってるし」

「けど、そんなことしたらシェフに怒られるんじゃないですか？　品位がないって」

ロッカールームであれこれと仲間たちが騒いでいるのを後目《しりめ》に、佐々木《ささき》はシェフコートを脱ぐ。昔から、こういうノリは苦手だった。エリタージュのスタッフは個人行動が基本だったが、自然と仲のいいグループというのはできるものだ。

下ごしらえした魚の様子を見ておこうと厨房《ちゅうぼう》に向かったとき、別室から出てきた島崎《しまざき》に声をかけられた。

「佐々木、ちょっと」

「はい」

「相談があるんだが、いいか」

佐々木は微《かす》かに首を傾《かし》げ、料理長の双眸《そうぼう》をじっと見つめる。

用件は廊下《ろうか》を歩きながらでも話せるような簡単なものだったらしく、彼は静かに口を開いた。

「じつは……康原《やすはら》の元気がないようだが、理由を知らないか」

「いえ、特に」

「もしかしたら、もうすぐコミを一人入れるかもしれない。そうしたらあいつの責任も大きくなるし、おまえが頼《たよ》りなんだ」

「……はい」

そういえば、シェフ・ソーシエが独立するという噂《うわさ》は本当なのだろうか。

佐々木はそのことを問うべきか口を開こうと試みた。すると、それより先に島崎がくるりと振り返った。

「最近、おまえもしっかりしてきたし、期待してるんだ」

彼の目元が優しく和み、佐々木は内心でほっと息をついた。

「ありがとうございます」

康原の元気がないことは、いくら佐々木でも気づいていた。

とにもかくにも、康原は思ったことが顔に出やすいたちなのだ。

ただ、プライベートなことにどこまで口を出していいのかわからず、佐々木は彼の扱いに戸惑《とまど》っていた。

後輩という存在は、幼《おさな》なじみとも恋人とも違う。

島崎に言われたから、あの調子のいい後輩の面倒を見始めた。自分を慕ってくる康原はときとして鬱陶《うっとう》しくもあったが、そこそこに上手《うま》くつきあってきているはずだ。

しかし、いざ気にかけろと言われても、口べたで人づきあいの苦手な佐々木は、それが一番難しい。

訊《き》いてはいけないことのような気もするし、訊いたところで何かができるわけでもない。

ロッカールームに戻った佐々木は、椅子《いす》に座《すわ》り込《こ》んだ康原がなおも浮かない顔で携帯電《けいたいでん》話《わ》を睨《にら》みつけているのを見て、胸がざわめくのを感じた。

やはり、実家で何かよからぬことがあったのだろうか。

「どうした？」

何か、嫌《いや》な予感がする。不吉な気持ちが押し寄せてくる。

「あ……いえ、その」

彼は俯《うつむ》いたまま、小さく口ごもる。携帯電話《けいたいでんわ》の液晶画面を見ただけでは、康原が何をしようとしているかはわからない。

それから、康原は仕方なさそうに「柚木《ゆずき》さんと連絡、取れなくて」と告げた。

なんだ、それくらいのことか。だいたい、証券会社の営業が忙しいのは、当然のことだ。

「仕事が忙しいか、病気じゃないのか？　会社に電話したんだろう？」

「――さっき、電話したんだけど……」

康原が何かを言い足そうと唇《くちびる》を震わせた。

はっきりしないその様子に焦《じ》れて、佐々木は時計を見上げる。

「大丈夫だろ。先に行ってるから」

厨房《ちゆうぼう》へ行く途中で、「佐々木」と待ち受けていた阿部《あべ》に腕を掴《つか》まれた。

「康原、どうしたんだよ。険悪な感じだったけど、喧嘩《けんか》でもしたのか？」

「俺は関係ない」

容赦《ようしゃ》のない一言で終わらせると、阿部はふうっとため息をついた。

定刻どおりに店がオープンし、それと同時にしだいに厨房は活気を増していく。

ギャルソンが、次々にオーダーを読み上げていく。

やがて忙しく働き始めた佐々木だったが、見るからに動揺《どうよう》している康原の仕事ぶりはひどいものだった。

皿を間違えるし、盛りつけは上手《うま》くいかない。

いったい何があったのかと、佐々木は一抹《いちまつ》の不安を覚えた。

だが、今は料理に没頭《ぼっとう》すべきときだ。プライベートは関係ない。

「康原、皿」

「はい…っ！」

慌《あわ》てて応じた途端に、康原の手からつるりと皿が滑り落ちる。

真っ白な皿が次々と、床に叩《たた》きつけられていった。

「何やってんだよ！」

辛《つら》く当たるつもりはないのに、叱咤《しった》する声がまず先に出てきた。

佐々木は小さく舌打ちし、自分で皿を取りに行く。

「すいません」

このままでは料理が焦《こ》げてしまう。苛立《いらだ》った佐々木は別の皿にポワレを盛りつけ、謝罪を続ける康原をあからさまに無視した。

柚木が詐欺《さぎ》の疑いで警察に行方《ゆくえ》を追われていることを佐々木が知るのは、その翌日のことだった。

「行方不明……？」

佐々木はぽかんと口を開けて、康原を凝視《ぎょうし》した。

新聞を取っていないうえ、ニュースもろくに見ていない佐々木にとっては、寝耳に水の出来事だった。

「すいません……すいませんっ」

休憩時間、エリタージュの裏口に佐々木を呼び出した康原は、悲壮そのものな顔でぺこぺこと頭を下げる。

「なんか、警察署にも詐欺《さぎ》じゃないかって被害届が出てるらしいんです」

「嘘《うそ》だろ」

あの柚木が？　詐欺をしたっていうのか？

自分も康原も信用していた、あの男が……？

「俺、そういうのよくわかんないんだけど……顧客の金を使い込んでいたらしくて。それで、先月に懲戒免職《ちょうかいめんしょく》されてたって」

先月って。

佐々木が資金運用を決める前に、柚木はもう会社を辞《や》めていたというのか。

「ちょっと、待てよ。で、柚木さんは？」

「それが……部屋も引き払っていて、行き先がわからないんです」

昨夜《ゆうべ》柚木の部屋を訪れた顛末《てんまつ》を語り、康原は泣きそうになって、くしゃくしゃと顔を歪《ゆが》めた。

いったいこの男は何を話しているんだ。

地面がぐらりと揺れるような錯覚とともに、佐々木はよろめきそうになるのを堪《こら》えた。

「管理人は、警察が何度も来てるって話していて……」

それでは、自分が渡したあの金は、そのまま柚木の懐《ふところ》に入っていただけなのか。

自分が信用した男が、幼《おさな》なじみとその友人を裏切った。

そんな構図が、佐々木には信じられなかった。

「お金は、俺がちゃんと返しますから」

「そういう問題じゃないだろ！」

佐々木は思わず、康原を怒鳴《どな》りつけていた。

「だいたい、今のおまえに返せんのかよ」

あまりにも現実的な佐々木の言葉に、康原はしゅんと黙り込む。

「警察に行ったら……シェフにもばれるだろ。どうすんだよ」

「それは……」

くそ、と呟《つぶや》いて佐々木は店の外壁を右手で殴《なぐ》りつける。

「なんでだよ……どうしてなんだよ……」

「すいません」

「るさいっ！」

なおも謝り続ける康原が鬱陶《うっとう》しくて、佐々木は頭ごなしに怒鳴《どな》りつける。

理屈《りくつ》ではわかっているつもりだった。

こうなってしまって、一番辛《つら》いのは康原だということを。

だから、慰めなくてはいけないと知っていた。

だけど、どうしろというのだ。

今の自分には、他人に優しくする余裕などないというのに。


——だから、おまえとは口を利《き》きたくない。

自分が放ったその言葉を思い出し、インスタントコーヒーの瓶《びん》を片手に、佐々木は大きなため息をつく。

今日もまた、康原は自分に謝ってくるのだろうか。そしてなんの対処方法も思いつかないまま、一日が無為に過ぎるのか。

柚木の件が判明して、すでに四日目。

確かに、どこかが、そして何かが変だと思っていたのだ。

そもそも、柚木の職務に対する康原の認識はひどく曖昧《あいまい》だったし、手続きのときも一度も支店に連れていかれなかった。

パソコンでプリントアウトされた株の預かり証も、偽造《ぎぞう》されたものらしい。少しばかりの利益や配当を渡されて、康原は家族ともども騙《だま》されていたのだ。手口はごく単純なもので、佐々木たちの無知につけ込んでの犯行だった。

不審《ふしん》な部分を数え上げたらキリがない。

だけど、それでも信じていたのだ。柚木の言葉を。

レピシエを再開させる手伝いをしたいと語った、彼のその希望に満ちた言葉を。

欺瞞《ぎまん》と偽善《ぎぜん》に騙《だま》されたというのなら、自分は愚《おろ》かだ。

そしてその愚かさゆえに、佐々木はひどく傷ついていた。

康原は毎日謝ってばかりで、それが佐々木にはひどく鬱陶《うっとう》しかった。罪はいいから対処方法を考えたいというのに、そうでなくとも世間知らずの自分たちは、具体的にできることは何も思いつかずにいる。警察に届けることなんてもってのほかだった。島崎にばれたら、料理の本道以外に手を出した佐々木たち二人を、きっと詰《なじ》るだろう。

理屈《りくつ》ではわかるのだ。

今の康原を慰める必要がある。同郷の友人に裏切られた彼を、責めてはいけない。だけど、毎日ぐちぐちと謝るだけの彼に嫌気《いやけ》が差し、ともすれば罵《ののし》りそうになる。慰めの言葉なんて、どこをどう探しても見つかるはずがなかった。

佐々木だって傷ついている。そして、恐れている。

だいいち、三十万円は、佐々木にとっては大金なのだ。それをまるまるなくしてしまったら、もうなす術《すべ》もない。

それに、もしかしたら、康原と佐々木のことを摑《つか》んだ警察が、エリタージュに来るかもしれないのだ。島崎にも仁科《にしな》にも、すべてがばれてしまうかもしれない。

康原に「口を利《き》きたくない」と宣言したのは、自分なりのせめてもの思いやりだ。これ以上口を開いたら、きっと罵ってしまう。詰《なじ》ってしまう。

そして彼を、もっと傷つけるだろう。

「……行かなくちゃ……」

佐々木はのろのろと立ち上がって、スニーカーを履《は》いた。ドアの鍵《かぎ》をおざなりに閉め、エリタージュへと向かう。

当面の資金はあるから、生活に不自由することはない。貯金もあと数万程度なら残っている。無駄遣《むだづか》いをしなければ大丈夫だ。しかし、買いたかった料理書も、鍋《なべ》も、全部諦《あきら》めなくてはいけない。そんなものを購入していたら、生活費が残らない。

「おはよう」

ペーブメントの途中でぽんと背中を叩《たた》かれて、佐々木は不機嫌な顔で振り返る。そうでなくとも愛想《あいそ》のない性質なのに、この状況で和んだ表情なんてできるはずがない。

「なんだよ、怖《こわ》いな」

阿部はむっとしたような顔つきになったが、それから肩を竦《すく》めた。

「最近、どうなんだよ。康原と」

「……べつに」

「康原はコンディション最悪だし、おまえはかりかりしてるし。みんな心配してるんだぞ。喧嘩《けんか》して、おまえが辛《つら》く当たってんじゃないかって」

どうして、自分が悪者にならなくちゃいけないのか。

佐々木は唇《くちびる》を嚙《か》んで、阿部を置き去りにして足を速めた。

だいたい、どうやって彼に接すればいいのかわからなかった。鬱陶《うっとう》しいくらいに毎回「ごめんなさい」「すみません」と繰り返す康原を、扱いかねている。

あの康原から、代わりに金をせしめるわけにもいかない。

佐々木は怒りの持って行き場を知らぬまま、ただじりじりと過ごすだけだ。

着替えをすませて佐々木が厨房《ちゅうぼう》に行くと、深刻な表情をした島崎が食材のチェックをしているところだった。

すぐにミーティングが始まったが、佐々木はその違和感に気づいた。

康原の姿が見えないのだ。

あれ、と小さく口の中で呟《つぶや》いて、皆に知られぬようにこっそりとその場を窺《うかが》う。

しかし、今日はシフトどおりに出勤するはずだった康原の姿が、どこにもなかった。

「——それから、康原は体調を崩してしばらく実家に帰ることになった。悪いが、そのつもりでいてくれ」

ざわっと店のスタッフがどよめく。

「とりあえず来週から新しくコミが入るから問題はないはずだが、各自、気を引き締めてほしい。以上」

ミーティングはそれで終わったが、佐々木は半分上《うわ》の空《そら》だった。

実家に戻るなんて、いったい何があったんだろう。

柚木に繋《つな》がる手がかりでも見つけたのだろうか。

康原は実家に何をしに帰ったのだろうか。

ほかのスタッフのもの言いたげな視線を受けたが、佐々木はそれを無視して、ミーティングが終わるのを待った。どうしてそんな目で見られるのかがわからなかった。

「おまえ、康原になんかしたんじゃねーの」

突然、ほかのスタッフに小突かれて、佐々木はびくりと身を竦《すく》ませた。

「そんなんじゃ……」

「そうか？　だっておまえら、この頃険悪だったじゃん」

「康原に、厨房《ちゅうぼう》以外じゃ口利《き》きたくないとか、言ってただろ？」

聞かれていたとは、思わなかった。

だけど、それはただ、厨房を出たときひどい台詞《せりふ》を言ってしまいそうだったからだ。

康原を責めたくなかった。詰《なじ》るのも嫌《いや》だった。

傷ついているであろう康原に、追い打ちをかけたくなかったのだ。

しかし、それをどう言えば上手《うま》く説明できるのか、佐々木自身にもわからなかった。

「何かあったんだろ？」

彼らが口々に発する不協和音のような台詞の数々が、佐々木をなおのこと追い詰め、そして——張り詰めていた糸が切れた。

「黙れ！」

いつになく強い声をあげたせいで、視線が佐々木の顔に集まった。

あ、と佐々木は慌《あわ》てて口を噤《つぐ》む。

誰もが自分の一挙一動を気にかけている。

確かに、康原はいくつかのオーダーを間違えたし、些細《ささい》なミスばかりをした。そのことを咎《とが》めたことはあったが、柚木の件は触れなかった。

責めようと思えば責められたが、それよりもどうすればいいのか知りたかった。康原はいつも謝罪の言葉を繰り返すばかりで、何一つとして進展はなかったし。

佐々木は黙りこくったまま、料理を始める。

皆の沈黙が気に入らない。言いたいことがあるなら、はっきりと言えばいい。

「んだよ……」

舌打ちをした拍子《ひょうし》に、鍋《なべ》に入っていたフュメを零《こぼ》しかけてしまい、佐々木は慌《あわ》てて片手鍋のバランスをとろうとした。

「っ」

刹那《せつな》、熱い液体が左手にかかった。

佐々木は急いで蛇口《じゃぐち》を捻《ひね》り、左手を流水で冷やす。幸い料理に支障を来《きた》すほどの怪我《けが》ではなかったので、佐々木は急いで仕事を進めた。


「話って、なんですか……」

終業後、島崎に呼び出された佐々木は、恐る恐る尋《たず》ねた。

だいたいは用件がわかっている。

しかし、そのことを問いつめられたとき、言い逃れをできるほど口が上手《うま》くはない。

それが怖《こわ》かった。

「――康原のことだ」

意識しないようにと思っていたはずなのに、びくりと身体《からだ》が震えた。

「最近トラブルがあったそうじゃないか」

彼はすぐさま、話題の核心に切り込んできた。

「理由はなんだ？　差《さ》し支《つか》えなければ聞かせてほしい」

「――――」

「今回の休養も、身体よりも、精神的にだいぶまいってるらしい。おまえとのトラブルが原因だと言っているようだが」

「違う」

直接的には、自分を騙《だま》した柚木が悪いのだ。

佐々木は絨毯《じゅうたん》を踏みしめ、自分の足下を睨《にら》みつけた。

「違うなら、理由を言いなさい」

「…………」

言えない。言えるはずがない。佐々木のプライドにかかわるからだ。

「おまえが康原に嫌《いや》がらせをしていた、とほかのスタッフも話している。どうなんだ？」

「……違います」

「だったら、その理由を言いなさい。言えないようなことなのか？」

弁解するための自由な言葉を持たぬ自分が憎い。

佐々木は唇《くちびる》を噛《か》み締《し》めて、無言でその場に立ち尽くした。

「——わかった。それなら、言わなくてもいい」

頑《かたく》なまでに押し黙った佐々木を見て、島崎は決然とした声で告げた。

「佐々木。おまえは確かにこの頃頑張《がんば》っている。それは認める。だが、厨房《ちゅうぼう》は個人プレイをさせるための場所じゃない」

島崎の声は厳しかった。

「せっかく機会を与えてやったのに、ほかの連中との信頼《しんらい》関係ができていないじゃないか。たとえおまえが康原に何もしていないと言ったところで、どうしてほかの皆はおまえを信用しないのか、考えたことがあるか？」

言葉が出なかった。

「しばらく家で、頭を冷やしてきなさい」

「え……？」

意味がわからない。

「しばらく謹慎《きんしん》してきなさい。いいと言うまで、出てこなくていい」

まるで死刑宣告のようだった。

「そんな……だって、康原も休みなのに……」

「チームワークを乱す人間は、いないほうがマシだ。わかったな？」

「シェフ」

「話はそれだけだ」

島崎は厳しい口調で言い捨てると、佐々木に部屋から出ていくように促した。

「待ってください。俺、俺は……康原のことは、本当に何もしてなくて」

「何もしていないのなら、なお悪い。後輩だったら気にかけてやるべきじゃないのか。康原はあれでも、おまえのことを慕っていただろう？」

ずきり、と心臓を鈍く抉《えぐ》られるようだ。

——そうだ。

意識したことはなかったが、康原は自分をいつも気遣《きづか》ってくれていた。

レピシエを再開させる手伝いをしたいのだと言ってくれた。

なのに、自分は肝心《かんじん》なところで彼を突き放してしまったのかもしれない。

謝り続ける康原が鬱陶《うっとう》しくて、慰めることさえできなかったのだ。

「それから、オーナーからの伝言だ。明日、午後三時にオフィスに来いとのことだ」

「……はい」

佐々木は力無く頷《うなず》いた。

冷えきったコーヒーは、ひどく苦い。

「悪いね、打ち合わせが長引いた」

ノックもなしに応接室にやってきた男は佐々木の傍《かたわ》らに立ち、嬉《うれ》しげに微笑《ほほえ》んだ。

「――で、用はなんだよ」

呼び出されたことが鬱陶《うっとう》しくて、佐々木は嫌悪《けんお》の表情で彼を睨《にら》みつける。落ち込みと怒りで眠れぬ夜を過ごしたせいで、佐々木はいつも以上にいらいらしていた。

「どうせ暇なんだ。俺につきあってくれてもいいだろ？　遊ぶ金もないだろうし」

仁科の一言に、佐々木はびくんっと震え上がった。

どうして彼が、そんなことを知っているのか。

「なんで、あんた……」

訝《いぶか》しげに視線を上げた佐々木を見て、仁科は面白《おもしろ》そうに口元を綻《ほころ》ばせた。

「おとといだったかな？　康原がオフィスに来てね。自分のせいで君に迷惑《めいわく》をかけたと、涙ながらに語っていたよ」

彼にしてみれば、そんなのはどうでもいいことなのだろう。

さらりとした口調で言ってのけると、楽しそうに佐々木の瞳《ひとみ》を覗《のぞ》き込《こ》んだ。

「まったく、君たちもどうかしている。康原も、最初から俺に相談すればいいものを」

「——なんで」

「上司の仕事を忘れたわけじゃないだろう？」

フードプロデューサーという、意味がよくわからない肩書きをくっつけた仁科のことを、佐々木はたいして評価していない。慧眼《けいがん》を持っているというより、ただ人を利用するのが上手《うま》いだけだ。

佐々木が所在なげに絨毯《じゆうたん》に視線を落とすのを見て、仁科は煙草《たばこ》の灰を灰皿に落とした。

「君も、そうだ。株を買うなんて、吉野《よしの》に対する当てつけか？」

「違う」

咄嗟《とつさ》に、否定の言葉が口を衝《つ》いて出る。

当てつけなんて、考えたこともなかった……。

「だったら、なんでそんなことをした？　得体の知れない男に大事な金を預けるなんて、馬鹿《ばか》じゃないのか。いや、馬鹿そのものだ」

「——」

「もう少し用心深いと思っていたよ。君は他人になかなか懐《なつ》かないからな。おおかた、そいつに優しくされて、ころっとまいったんじゃないのか」

反論のしようがない。

康原の紹介とはいえ、柚木をあっさりと信じてしまったのだ。おまけに自分は、株のことについて何も勉強せず、ただ流されるままだった。

信じたことも悪いけど、そんなことで騙《だま》されるのも悪い。

いつもの自分の慎重さは、どこに行ってしまったのだろう。

今までは、誰のことも信じられなかったのに。

「欲に目がくらんだのか？　犯行は単純で、聞くだにくだらない。使い込んだ金を穴埋めしきれなくなって、顧客のつてを頼《たよ》って集めるだけ金を集めて逃げる——稚拙《ちせつ》そのものな犯行だ。そんな場当たり的な詐欺《さぎ》をする奴《やつ》に、騙されるのも世間知らずすぎる」

「——だったら、なんなんだよ」

仁科は煙草《たばこ》の煙をわざと佐々木にふうっと吹きかけた。思わずむせたが、彼は意に介す素振りは見せない。

「無様《ぶざま》じゃないか、ずいぶん」

低い声音で彼は囁《ささや》いた。

「一人きりになった気分はどうだ？　楽しいか？」

上体を屈《かが》め、仁科は佐々木の肩に手をかけてひっそりと耳打ちをする。

「あんたの」

「俺のせいじゃない。恋人と別れたのも、失敗したのも騙されたのも、全部君のせいだ」

「――じゃあ、強かったら一緒《いっしょ》にいられたのか！　別れなくてすんだって言うのかよ！」

激昂《げきこう》のあまりに、佐々木はここがどこかも忘れて仁科を怒鳴《どな》りつけた。

「君は相変わらず、何もわかっていないな。ただ強ければいいってわけじゃない。強さだけを求めれば、どれだけの人を傷つけるか、まだ気づいてないようだ」

その言葉は、じつに的確に佐々木の心を抉《えぐ》った。

「何もかも一人でやっていけるのが、強さだと思っているのか？　君の同僚《どうりょう》や友人は、まさか料理をするためだけに存在する道具ってわけじゃないだろう？」

悔しい……。

だけど、嘲笑《わら》われても、どうしても、自分は仁科に反論できない。

「誤解しないでほしいな。これでも俺は、君を心の底から応援しているんだ。吉野とはもう二度とよりを戻せない状況になってまで、一人で健気に頑張《がんば》っている君のことをね」

「……！」

思わず、息を呑《の》む。仁科は佐々木の抱いた幻想を見透かしているかのようだった。

「どうした？　まさか、吉野が許してくれるなんて、今さら本気で思っているわけじゃないだろう？　いくらなんでも、そこまで厚顔な人間じゃないと思っていたんだが」

泣きだしそうになった佐々木を見て、仁科は微《かす》かに笑う。

それ以上その場にいるのが辛《つら》くて、佐々木は思わず駆けだしていた。

ドアをばたんと開け、応接室を飛び出す。コピー室から出てきた絵衣子《えいこ》に顔を見られたけど、そんなの気にしてはいられない。

泣きたかった。声をあげて泣いてしまいたかった。

いつもそうだ。いつも仁科は、残酷《ざんこく》に佐々木の心を抉《えぐ》る。

どうして、どうしてこんなことになってしまったのだろう。

たった一つの夢のために生きていくつもりだった。

そのために、誰よりも強くなりたかった。誰にも頼《たよ》らない、強さが欲しかった。

何もかも失《な》くして、最後の最後にレピシエさえあれば、料理さえ残されていればいいと信じていた。そうすることでしか、佐々木は耐えられなかった。

だけど、佐々木は一人じゃなかった。

吉野を失ったとしても、島崎も康原も、如月《きさらぎ》も亮子《りょうこ》もいた。

だから吉野がいない日々を、それでもなんとか耐えられたのだ。

いつだって自分のことを気にかけてくれる人が周囲にいたのに、そんなことさえ気づかなかった。

一人きりだったのは、きっと、康原のほうだ。

彼はどれほど心細い気分でいたことだろう。

柚木に裏切られ、佐々木に突き放され、どうすることもできずに実家に帰ったのだ。

なのに佐々木は、自分しか見えていなかった。自分しか見なくなっていた。
成長したつもりで、いい気になってた。
強くなるのはこんなことじゃない。他人を傷つけても平気でいられることじゃない。
誰だって、傷つけられれば痛い。苦しい。
その痛みから目を逸《そ》らし、踏みにじって生きていけるのは、強さなんかじゃない。
自分は間違えていたのだ――。
「…………」
胃の奥がきゅうっと痛くなってきた。
吉野のことを傷つけても、自分も同じように傷つくから、平気だと思っていた。それで
フィフティフィフティだと信じていた。
けれども、だからといって傷つけていいはずがなかった。
あれほど残酷《ざんこく》な仕打ちをしてもいいわけがないのだ。
他人を踏み台にすることは、強さじゃない。我《わ》が儘《まま》なだけだ。弱いだけなのだ。
ならばどうして……なぜそれに気づかずに通り過ぎていってしまったのだろう……。
こんなにも彼を愛しているのに。
離れた日々が長いほど、時間が降り積もるほど、吉野への愛《いと》しさはただ増していく。
注ぐべき相手を見つけられない愛情は、佐々木の胸の中にわだかまる一方だ。

強くなりたいと願いつつ、自分は癒《いや》されることを望んでいる。

結局、甘える心を捨てきれないのだ。

心の片隅で、吉野といずれはやり直せるだろうと、馬鹿《ばか》げた夢想をしていた。

仕事で成功すれば、きっと奇跡は起きるはずだと、自分勝手に思い込んでいた。

あまりに自己中心的な己の醜《みにく》さに、吐き気すらこみ上げてくる。

こんな自分は、許されなくて、見限られて、当然だった。

自分たち二人は元には戻らない。

そう、仁科だけでなく、如月も言っていたではないか。

吉野はもう——許してくれないだろうと。


「……ってわけで、佐々木さん、超落ち込んでるらしいんだって。慰めてあげようよ」

電話口で成見《なるみ》が深刻な口ぶりで言うのを聞いたが、如月はただ首を振るだけだった。

キッチンでクラフティを作っていた藤居《ふじい》は、先ほどから不安そうにちらちらとこちらを窺《うかが》っている。買ってきたばかりの新作ゲームを一晩じゅう楽しむという計画は、成見からの予期せぬ電話のおかげで台無しになりそうだった。

「ダメ」

「ええ、なんで？　だってだって、佐々木さん、ぼろぼろなんだよ？　幼《おさな》なじみの睦《むつみ》ちゃんがどうにかしてあげなくちゃ」

　仕事の合間なのだろう。

　電話の声はやけにせわしなく、背後からは物音がひっきりなしに聞こえてくる。如月は友人であるはずの成見に、ひどい対応をしているという自覚はあった。

「けど、勝手に別れたんだよ。僕の言うことなんて、全然聞かなかった」

「だって、だからこそ、睦ちゃんしかいないんじゃないか」

　諭《さと》すような成見の声に、むっとしてしまう。

　何も——わかっていないくせに。

「とにかく、僕は嫌《いや》だって」

　如月がそう言いかけたとき、電話の向こうでがさがさというひどい雑音が聞こえてきた。受話器を耳に当てていた如月が思わず顔をしかめると、成見が早口でまくし立てる。

「あ、ごめん。俺、トイレ行くって言って出てきたから、そろそろ戻らないと」

「えっ」

　ぶつっと鈍い音とともに、通話が途切れて発信音だけがリピートされる。如月は受話器を見つめて、「何……」と小さく呟《つぶや》いた。

「どうかしました？」

背後で不安そうな顔をしていた藤居は、如月をそっと見下ろした。

「え、うん……まあ」

如月は口ごもる。それからちらりと上目遣《うわめづか》いに藤居を見ると、ふうっと息を吐き出した。

まだ頭の整理がついていない。

よりにもよって、あの幼《おさな》なじみが投資を装った詐欺《さぎ》に遭《あ》ったなんて。

佐々木は堅実で、株なんてものに手を出さないと思っていた。

「馬鹿《ばか》なんだ、千冬《ちふゆ》。詐欺に遭って、有り金全部騙《だま》し取《と》られたみたい」

ぽかんと口を開いて、藤居はまじまじと如月を見つめた。

「佐々木さんが……詐欺……？」

あの人間を滅多《めった》に信用しない佐々木が、詐欺に遭うとは思えなかったのだろう。

「そう。もう、嫌《いや》になる」

ソファに寝転がった如月は、ちくちくと痛む心臓のあたりを左手で握り締めた。

「嫌にって、それどころじゃないでしょう」

「知らないからね、千冬なんて」

「だけど。もしそうなら、慰めるとか、相談に乗るとかしてあげなくちゃ」

藤居の言っていることは、もっともだ。

友達だったら、なんとかしてあげなくては。

幼《おさな》なじみなんだから。

だけど、それとは裏腹に、胸がぎゅっと痛い。熱くて苦しい。

「千冬が勝手なことしたんじゃん。僕、もう知らないよ」

「でも……」

藤居が口ごもるのを見て、如月はむっとした。

こういうときだけいい人ぶる。何もわかっていないくせに。

「吉野さんのことだって、傷つけるだけ傷つけた。千冬は我《わ》が儘《まま》だよ！」

如月はソファに寝転がって、両手でばふばふとクッションを殴《なぐ》りつけた。

「そうは言うけど、如月さんだって、ちっとも優しくないですよ」

藤居は突然、そう言い切った。

「えっ？」

「どうして佐々木さんに、優しくしてあげられないんですか」

彼は自分の味方になってくれると思っていた。

予期せぬ反論に遭《あ》い、如月は不快になって眉《まゆ》をひそめた。藤居がこんなことを言うのは、滅多《めった》にない。それがとても悔しかった。

「それは千冬が、吉野さんを捨てたからじゃないか。藤居くんだってわかってるでしょ。

それに、誰にも甘えたくないって言ったのは千冬のほうだ」

「だから、優しくないって言ってるんです」

すべてを削《そ》ぎ落《お》とすような、厳しい声だった。

「誰の目から見ても、佐々木さんが悪者になるのはわかってます。だったら、自分一人くらい味方になってあげるのが、幼《おさな》なじみってもんじゃないんですか」

藤居の声は厳しく、如月を叱責《しっせき》する。

「何、それ……」

「あの人は一人なんです。料理人なんて個性の強い奴《やつ》が多いから、職場に行っても通り一《いっ》遍《ぺん》のつきあいしかない。家に帰れば一人だし、幼なじみにだって袖《そで》にされる。挙《あ》げ句《く》恋人を自分の妹に取られて、金まで騙《だま》し取《と》られてるんですよ？」

「――――」

「甘やかすのは無理でも、慰められるでしょう。幼なじみなら、味方になってあげられるじゃないですか」

正論をこうも滔々《とうとう》と述べられると、如月は反論できなくなる。

言葉にさんざん詰まった挙げ句、子供じみた台詞《せりふ》しか出てこなかった。

「だったら、藤居くんが千冬の味方してあげればいいじゃないか！」

「俺じゃダメだから言ってるんですよ。それに……俺は最後には、如月さんの味方をしちゃうから」

罪悪感がひしひしと押し寄せてきた。

悲しいとき、淋《さび》しいとき、藤居は誰にそばにいてほしいと願うだろう？

たった一つの砦《とりで》をどこに求めるだろう？

その答えは、おのずと知れている。

「俺の好きになった如月さんはもっと優しい人のはずです」

「——優しくなんかないよ。……だから、やめていいって言ってるじゃないか。こんな僕のことなんか、好きにならないほうがいいって」

どんなに頑張《がんば》っても、如月は藤居を恋愛の対象と見ることはできない。

友情までのラインでしかとどまれない。

藤居が手を伸ばして、泣きそうに目を潤《うる》ませた如月の身体《からだ》を唐突に抱き寄せた。

「それが、そういうところが、残酷《ざんこく》なんです」

押し殺した声で、藤居は耳元で囁《ささや》く。

だったら、如月にとっての藤居は、残酷なほどに優しい。

こんなふうに抱き締めてくるなんて、反則だ。

ほんの一欠片《ひとかけら》だけ残った、如月の罪の意識を煽《あお》るだけなのに。

佐々木と吉野の恋はいびつな形をしていたかもしれないが、ずっと応援したかった。

その佐々木が、レピシエと料理のために吉野を捨てたと知ったのが、怖《こわ》かった。怖くて。怖くて、そして、後ろめたい思いに駆られたのだ。結果的には彼がレピシエとそして自分を選んだことが、怖くて、そして嬉《うれ》しかった。そんな自分の醜《みにく》さを知っているから、嫌《いや》になる。

「――僕、ちょっと出かけてくる」

顔を上げた如月は、藤居を見つめて照れくさそうに笑った。

「出かけるって、どこへ？」

「吉野さんのところ」

「電話じゃダメなんですか？」

「だって、直接話さないと……説得力、ないでしょう？」

如月がスニーカーを突っかけたので、藤居も慌《あわ》ててそのあとを追おうとする。それから、もたもたと戸締まりや火の元の確認をし始めたのを見て、如月は初めて心が和むのを感じた。

ぱさっと書類をテーブルに投げ出した吉野は、「うーん」と小さく呟《つぶや》いて伸びをする。相変わらず自炊《じすい》をする習慣は身につきそうになかったが、スーパーマーケットやコンビニエンスストアでおかずを買うというテクニックは覚えた。

必要以上に痩《や》せてしまわないように気を遣《つか》っているし、体力を向上させるためにスポーツジムにも通い始めた。

「けど……それもなあ……」

仕事はそれなりに楽しいが、心は依然として晴れなかった。

美味《おい》しいレストランも一人で行ったとしても砂を嚙《か》むようだし、誘う相手も限られている。愛《いと》しい人がいない生活はこうも渇いていて、吉野の心から光を奪っていく。

佐々木のことを極力思い出さないようにしている。忘れたつもりになっている。

自分のことなど必要ないと切り捨てた相手のことなど、思い出してどうするのだろう？

しかし、時折過去の残滓《ざんし》が喉元《のどもと》に押し寄せ、吉野を窒息《ちっそく》させようとするのだ。

不意に、エントランスのブザーが鳴り、吉野は顔を上げた。

このマンションは訪問者は全員、エントランスで入室の許可を得なくてはならないのだ。

「はい」

吉野がインターフォンに答えると、「如月です」といやに切迫した声が聞こえてきた。

——如月が……？

「今、開けるよ」

施錠《せじょう》を解除するボタンを押すと、吉野はのろのろと玄関に向かった。

ドアを五センチほど開けて、エレベーターを見つめていると、すぐに如月と藤居の姿が見えた。

「二人とも」

吉野は微《かす》かに口元を綻《ほころ》ばせかけたものの、ただならぬ気配にそれも凍りついた。

如月は顔面が蒼白《そうはく》で、おまけに、藤居は汗《あせ》だくだ。およそ人の家を訪ねるとは思えぬ取り乱し方で、吉野は不審《ふしん》に感じて如月を凝視《ぎょうし》した。

「どうしたの……？」

「お願いがあるんです」

「お願いって？」

咄嗟《とっさ》にはわからない。だいいち、如月が吉野を頼《たよ》ってきたことはほとんどなかったし、彼はたいていのピンチは自分の手で切り抜けてきた。

「一度だけ、僕の頼《たの》み、聞いてください……！」

如月は縋《すが》るようなまなざしで叫《さけ》んだ。

「千冬を助けてあげて」

岩のように硬くなった心に、如月はじつに無遠慮《ぶえんりょ》にナイフを突き立ててきた。

「睦くん……」

「ぼろぼろなんだ。今の千冬。放っておいたら、きっともう立ち直れないよ」

自分にだって、ささやかな自尊心《じそんしん》がある。彼の願いを聞き入れることはできなかった。

吉野はゆっくりと首を振り、そして口を開く。

「──何があったかは知らないけれど、それは無理だ。俺たちが別れたって、千冬に聞かなかった？」

「知ってる……」

如月の大きな瞳《ひとみ》から、大粒の涙が零《こぼ》れ落《お》ちた。

「知ってます。知ってる。でも、吉野さんじゃなくちゃダメなんだよ……」

この涙を、以前も見たことがある。

初めて佐々木と思いを通じ合った夜のことだ。

もうずっと昔のことのように、あの懐《なつ》かしい日々を思い出す。

あの日は愛情だけだった。

二人の未来も、夢も、何も気づかずに、ただ漠然《ばくぜん》と愛だけで彼を幸せにできると思っていた。

だけど、違ったのだ。現実はそこまで甘くなかった。

愛情では何も解決できないということに、二人は──いや、佐々木だけが気づいてしまった。現実の前に愛は無力で、その魔法《まほう》が解けてしまったのだと。

「千冬、騙《だま》されたんだ。よくわかんないけど……株を買わないかって言われて、それで、お金を騙し取られたって」

「――――」

返す言葉が見つからなかった。

よりによって、株だって？　いったい、なんのために……？

株式を扱う吉野への当てつけなのか。

「どうして」

「知らない。知らないけど、それでいろいろと店でトラブルがあって、エリタージュも謹《きん》慎中《しんちゅう》なんだって……」

「君にだって、慰めることはできるだろう？」

ざわめく心を押さえつけて、吉野は最後の抵抗を試みる。

こんなときだけ自分に縋《すが》ってくるなんて、佐々木はずるい。

吉野のことを、平然と捨てたくせに。

「吉野さんじゃなくちゃいけないんだよ……！」

如月の声は悲鳴に近かった。

「嫌《いや》かもしれないけど、腹が立つかもしれないけど、吉野さんじゃなくちゃいけないんだ。千冬には……吉野さんが必要なんだよ……！　千冬は一人なんだ……」

しがみつくその指の強さ。
彼のやわらかな髪を撫《な》でながら、吉野は息をつく。
背後の藤居は一言もしゃべらないが、その決意の固さはまなざしで容易《たやす》く推測できる。
むしろ、如月を泣かせるほど頑固《がんこ》な吉野の態度に苛立《いらだ》っているようにも見えた。
「――わかった」
わかった、だって？
何もわかってない。本当は行きたくない。
今さらどうして、如月は吉野の心を掻《か》き乱《みだ》そうとするのだろう。
佐々木のことなんて、憎らしくて憎らしくて、そして……愛《いと》しい。
暁《あかつき》の光に揺れる湖面のように、いつも静かな彼の瞳《ひとみ》。
触れるたびに切なげに応《こた》えてきた、あの甘い唇《くちびる》。
もう一度見つめることができるのだろうか。
触れて、いとおしみ、慈《いつく》しむことができるのだろうか。
まだわだかまり、許せないものは降り積もる。
雪のように降り積もり、吉野の優しさを覆《おお》い隠《かく》そうとするというのに。
「あ……ありがとうございます！」
如月がぺこりと頭を下げるその場面を、吉野は、苦いものを噛《か》み締《し》めるような気分で見つめる。

彼らはそこで帰るだろうと思ったのだが、意外や、如月は玄関から一歩も退かなかった。

「どうかした？」

「駅まで一緒《いっしょ》に行きます」

如月のその言葉に、彼が自分を信じてくれていないのだと気づく。信じていないのではなく、吉野の気が変わるのを恐れているのかもしれない。

「大丈夫。ちゃんと、行くよ。車で出かけるから」

吉野はふわりと笑って、如月の髪をもう一度撫《な》でた。

一度だけなら、優しくできるかもしれない。

——まだ彼が、吉野の優しさに飢《う》えているのなら。

それすらも拒まれてしまったら、自分たちの関係は終わる。

今度こそ修復などできないことだろう。

「珍しいな。君がオフィスを見たいなんて」

オフィスで最後の来客を待ち受けていた仁科は、雨宮《あめみや》の姿を認めて口元を綻《ほころ》ばせた。

午前零時《れいじ》を過ぎてやってきた男は、常日頃と変わらずに無表情だった。

「——いけませんか」

密《ひそ》やかな返答が、仁科の鼓膜《こまく》をくすぐる。

「いや。俺のオフィスを案内してほしいかな？」

「けっこうです。それはこの先、機会があるでしょうから」

雨宮の言葉を聞いて、仁科は微《かす》かに笑う。

謎《なぞ》かけにも似た、不思議な会話だった。

「覚悟は決めてきたのか？」

「ええ」

「嬉《うれ》しいね。君のためのビストロだ」

「僕はべつに、誰かの下で働くのもかまいません」

淡泊《たんぱく》な男だ。

いったい何を求めているのか、仁科にすら読みとれない、不可思議な資質を持つ。

「もちろん、そのあたりはこれから詰めていこう。君に悪いようにはしないよ」

ふ、と仁科は口元を綻《ほころ》ばせ、煙草《たばこ》を一本抜く。

「いいかな？」

「かまいません」

雨宮はくいと顎《あご》を上げて、傲然《ごうぜん》としたまなざしで仁科を見つめた。

「日本だろうと海外だろうと、命じられた場所で働くことは可能です」

「頼《たの》もしいな」

「けれども、その前に、僕からの条件があります」

よもや雨宮から、そんな人間らしい言葉を聞くとは思わなかった。

「どうぞ」

仁科はにこやかに笑う。

「いったいどういう条件だ？」

「それは――」

次いで雨宮が囁《ささや》いた言葉に、仁科の口元から笑《え》みが消えた。

「本気で言っているのか……？」

期せずして、その声が掠《かす》れた。

11

二十四時間営業のコインパーキングに車を停《と》めると、吉野《よしの》は歩きだした。
以前、佐々木《ささき》の部屋を下見しに来たときに、パーキングがあるのをチェックしたのだ。
ほんの三か月ほど前のことだというのに、懐《なつ》かしい光景だった。
佐々木が日常を過ごしている街は、表参道《おもてさんどう》とはずいぶん違う。
目的のマンションのエントランスで足を止め、吉野は深呼吸を繰り返す。
そして、ガラス扉を押した。
セキュリティ対策は、吉野の部屋とは比にならないほどの不用心さだ。
エントランスの左手にある階段を上がり、二階の一番端《はし》の部屋。
その表札には神経質そうな字で、『佐々木』と記されている。
深呼吸を一つ。
玄関の脇《わき》にある小さな窓からは灯《あかり》が漏《も》れており、彼がいるのはわかっている。
再会して何を言うつもりなのだろう。

自分に彼を慰められるのか。
脳裏《のうり》に灯《とも》ったその疑問符を無理やりに消し去り、吉野はブザーに触れた。
その手を一度引っ込める。
そして、意を決してそれを押した。
一秒一秒が、やけに長く感じられた。しかし、誰も出てくる気配はない。
もう一度、ベルを鳴らす。
またも、返事はなかった。
今度はどんどんとドアを右手で叩《たた》き、「千冬《ちふゆ》」と呼びかけてみる。
「千冬」
意識して呼ばぬようにしていたその名を、舌はあまりにも生々しく記憶《きおく》している。
こうしてその単語を呼ぶたびに、溶けそうなほど心臓が震えた。
今となっては相反する感情を呼び起こす、その名前を。
かちゃりとドアの向こうで錠《じょう》が開く音が聞こえ、ゆっくりとドアが開く。
そして、薄暗い部屋から彼の姿が浮かび上がってきた。
「吉野、さん……」
彼は呆然《ぼうぜん》と目を見開き、信じられないものでも見たというように吉野を凝視《ぎょうし》する。
泣いていたのだろうか。

涙に潤《うる》んだその瞳《ひとみ》がたまらなく綺麗《きれい》だった。

手を伸ばして抱き締めたいという衝動を抑《おさ》え込《こ》み、吉野は何事もなかったように微笑《ほほえ》んでみせた。不用意な真似《まね》をしてしまったら、今の彼をよけいに傷つけることになる。

憎んでいたのではなかったのか。許せないと思っていたのではないのか。

こんなときまで、彼の心を思いやる自分が愚《おろ》かだった。

「元気だった？」

佐々木はその馬鹿《ばか》げた質問を無視して、口を開いた。

「――なんで、来たんだよ」

強がっているのはわかる。だって、声がこんなに震えている。

「俺のところになんか……なんでだよ！」

「自分でも、わからない」

そう、吉野にもわからなかった。

佐々木のことを許せない。自分を捨て去った彼を憎んですらいる。

なのに、最後の最後には彼を泣かせたくないと願う、不思議な感情が心に宿っている。

理屈《りくつ》や理論で人の心の動きを説明できない。

こんなふうに彼をいとおしむ自分の心まで、解明する必要はない。

「わからないけど……来たんだ。君を泣かせたくなくて。君のことを心配している人が、教えてくれたから」

　ぱたぱたと、彼の目から涙が溢《あふ》れてきた。

　ああ、もっと泣かせてしまった。狼狽《ろうばい》が込み上げてくる。

「帰ったほうがいい？」

　吉野がそう尋《たず》ねると、反射的に佐々木は右手を出して、そのシャツを摑《つか》む。

「それなら……抱き締めてもいい？」

　あえて、吉野は許可を求めることにした。

　甘えたくないと、支えられたくないと言って別れた彼だからこそ。

「ダメって言っても、勝手にそうするよ？」

　開いた扉から春風がふわっと吹き込んできて、吉野と佐々木の髪を揺らす。

「こんな男でも、別れた恋人に、一晩くらいなら優しくできるかもしれない。だから、君のところに来たんだ」

　沈黙が続く。

　それから佐々木は手を伸ばして、ドアをかたりと閉めた。

　この世界は閉ざされ、薄い闇《やみ》の中には二人しかいない。

「——俺は、あんたを傷つけて……取り返しのつかないことをしたのに……？」

　押し殺した調子の声で、佐々木が呻《うめ》く。

「そうだ。だから、俺は君を許せない」

「だったら」

「許せないのは、愛してるからだ。まだ君を愛してるから、よけいに許せないんだ……」

吉野は喘《あえ》ぐように囁《ささや》いて、佐々木の身体《からだ》をより強く抱き締めた。

愛している。

どれほど傷ついても苦しんでも、それでもこの恋を忘れられない。諦《あきら》めきれない。

許せなくても、ともすれば彼を憎みそうになっても、愛情を失《な》くすことができない自分がどれほど愚《おろ》かしいのか、吉野は知っていた。

「愛してるんだ……君のことを……」

何度その言葉を唱えたら、佐々木は自分のもとに戻ってくるのだろうかと、そればかりを考えていた……。

だけど、今は。

この心を埋め尽くすのは不可思議な痛みと悲しみと憎悪と――いとおしさ。

それもすべて愛のためだというのなら、どうして人はこんな汚濁《おだく》を抱《かか》え込《こ》まねばならぬのか。

許せないと知っていながらも、それでも彼を抱き締める腕に力を込めてしまう。

騙《だま》された話も株のことも訊《き》こうと思っていたのに、そんな気持ちすら消失していく。

「吉野さん」

佐々木が密《ひそ》やかな声で呼んだ。

「吉野……さん……」

どうして愛情で縛《しば》れなかったのだろう。

彼の夢さえも粉々にできなかったのだろう。

この手を呆気《あっけ》なく振り解いてしまったのか。

「だったらなんで、引き留めなかったんだよ……！」

佐々木は喘《あえ》ぐように声をあげた。

「わからない？　愛してるから、好きだから……大事だから、君と離れたんだ……」

恋人のまま、愛し合ったままで離れたかったから。

抱き寄せた彼の唇《くちびる》に、キスをしようとしたが、佐々木は抗《あらが》った。

「やめろよ……これじゃ、俺……」

「何が悪いの？　俺は、君を慰めるために来たんだよ」

穏やかに接するつもりだったのに、彼に拒まれ、思わず吉野は声を荒らげていた。

「君はいつも、自分の傷は自分の力で癒《いや》さなくちゃいけないのか……？」

ほっそりした身体《からだ》を抱き締める腕に、力を込める。

「誰かが君を傷つけたなら、それを癒せる力だって……誰かが持っているんだよ。いつもいつも自分で傷を治していたら、その力はきっといつか涸《か》れてしまう……」

「……」

「だから、ときどき誰かにその力を分けてもらうのは、悪いことじゃない。それが弱さだなんて、誰も思わないよ」

吉野の言葉は、ちゃんと届いているのだろうか？

佐々木が指に力を込めて、なおのことしがみついてくる。

「だって、そうじゃなかったら……どうして人は人を好きになるの？　――どうして俺は……こうして君を抱き締めているだけで、癒《いや》されてしまうんだろう……？」

そう、それを伝えたかったのだ。

他人に甘え、縋《すが》ることを拒む佐々木に。

仁科《にしな》の言うとおり、佐々木はまだわかっていないのだ。

彼を取り巻く人々の優しさと温かさを。

本当はいつも孤独ではないということさえも。

「だから、教えて。俺にはまだ、君を慰められる？」

キスをする前にそう尋《たず》ねても、佐々木は答えなかった。

ややあって、おずおずと手を伸ばしてきた佐々木は、吉野の胸に鼻を擦《す》り寄《よ》せて、答えの代わりに「あんたの匂《にお》いだ」と呟《つぶや》いた。

今すぐにでも彼を食したい衝動を抑《おさ》え、吉野は囁《ささや》く。

愛情と紙一重のこの情動が、自分でも怖《こわ》かったからだ。

「——本当は、俺も怖いんだ……」

「何、が……？」

「君に優しくできるかわからない。君をもっと苦しめるかもしれない」

抱き合う前よりも、ぬくもりを分け合う前よりも。

許せるかどうか、わからないせいで。

自分は弱くて醜《みにく》い、ただの愚《おろ》かな人間だから。

けれども、傷ついている彼を見ていると、言葉には喩《たと》えられない感情が溢《あふ》れてくる。

愛《いと》しさというものが。

「……かまわない」

だから、そんなふうに両手を彷徨《さまよ》わせないで。

自分の背中をしっかりと抱き締めていてくれればいい。

「どうしてほしい？　どうすれば君を慰められる？」

吉野は優しく佐々木の頬《ほお》に触れる。甘く唇《くちびる》を押し当てる。

キスだけでこんなに興奮できるものなのだろうか。

ただ息づかいだけが、こうして狭い部屋を満たす。

佐々木は吉野を玄関のドアに押しつけ、そのシャツのボタンを外していく。

彼が端的に求めているものを知って、吉野は失望と同時に充足を味わっていた。

「好きだ……」

佐々木は吉野の耳元にそう囁《ささや》き、扉に寄りかかった吉野の首筋に鼻面《はなづら》を押し当てる。

「ここじゃ、ダメだよ……千冬」

めちゃくちゃにしてしまうかもしれない。佐々木を壊さないように気をつけなくては。

灯《あかり》を落とし、部屋の奥に置かれた小さなベッドに佐々木を横たえた。そして、吉野は彼の衣服を剝《は》ぎ取《と》るために手を伸ばす。

シャツとジーンズを脱がせると、彼のほっそりとした肢体《したい》が露《あらわ》になった。

やり過ごせない衝動を、彼はどうして堪《こら》えていたのだろう？

もともと淡泊《たんぱく》なたちだけに、吉野が触れるのをいつも怖《こわ》がっていた。それが、少しずつ大胆《だいたん》になってきて、今はこうして互いの体温を求めて震えている。

キスするだけで感じてしまったのか、佐々木の身体《からだ》はすでに熱を孕《はら》み、蜜《みつ》を零《こぼ》していた。

「……あ…ッ…」

今や、軽い愛撫《あいぶ》も我慢できないのだろう。佐々木は耐えきれずに声をあげる。

胸の突起を舌で転がし、指先で悪戯《いたずら》に刺激する。

「違う」

佐々木は不意に呟《つぶや》いて、吉野を押しのけようとした。

「違うって？　こうされるの、好きでしょう……？」

そんなに簡単に嗜好《しこう》まで変わるはずがないと、情けなくも心が傾《かし》ぐ。

「……て」

佐々木が掠《かす》れた声で、そう哀願した。

吉野はぴくりと身じろぎをして、彼をまじまじと見つめた。

「頼《たの》むから……」

恥《は》じらいのあまりに両手で顔を覆《おお》い、佐々木はそろそろと脚《あし》を開く。

どうしようもなく不器用で直截《ちょくせつ》な誘惑《ゆうわく》は、いっそ哀れなほどに淫蕩《いんとう》だった。

「そうやって、俺以外の奴《やつ》を誘ったの？」

彼らしからぬ媚態《びたい》に意地悪な声で尋《たず》ねると、佐々木は傷ついたような表情で首を振った。

「……嘘《うそ》だよ、千冬」

吉野は謝罪し、かつての恋人の額に唇《くちびる》を押し当てる。

「――大丈夫。魔法《まほう》をかけてあげる……」

そう、愛《いと》しい君に魔法をかけてあげよう。

今だけは淋《さび》しさを忘れられる、甘くて切ない愛の魔法を。

直接には触れてもいないのに、そこはもうすでに熟しかけている。指先でそっと彼の下肢《かし》の付け根を果実の形どおりになぞると、佐々木は恥ずかしそうに身を震わせた。

おざなりに濡《ぬ》らした指先を、彼の望みどおりの場所を解くために突き立てる。

「っ」

低く声を漏《も》らして、彼はふうっと息を吐いた。

繊細な襞《ひだ》は目眩《めまい》がするほど熱く、ぎりぎりと締めつけてくる。

「やだ……」

「何が？　どうして嫌《いや》なの？」

こんなにきつく締めつけて、指さえも食いちぎろうとしているくらいなのに。

佐々木は悔しげに唇《くちびる》を開き、「あんたがいい」と囁《ささや》いた。

性急な言葉の羅列《られつ》に、目眩さえしそうだ。

「――わかった」

吉野は佐々木の脚《あし》を抱《かか》え込《こ》むと、綻《ほころ》ぶことすら忘れた場所にゆっくりと侵入《しんにゅう》を始めた。

「く…うっ…」

苦しげに佐々木が息を吐き、そして、力を抜こうとする。

吉野の額から流れ落ちた汗《あせ》が、佐々木の身体《からだ》を気まぐれに濡らしていった。

「……ん……」

ぴったりと隙間《すきま》がないくらいに、互いの身体《からだ》と身体を繋《つな》ぎ合《あ》わせると、そこでようやく佐々木は息をつく。

貪婪《どんらん》な肉が吉野にまとわりつき、じわじわと吉野を締めつける。

その甘美《かんび》なほどの感触を味わいながら、吉野は佐々木の身体をゆっくりと征服し始めた。

「千冬、気持ちいい？」

吉野がそう掠《かす》れた声で問うと、「いい」という微《かす》かな答えが戻ってきた。

どこを刺激されれば彼がもっとも感じるのか、吉野は知っている。

敏感《びんかん》な部分を突き上げると、佐々木は艶《つや》めいた声をあげて身を震わせた。

「……ああっ……」

そこを何度か刺激され、佐々木はとうとう触れられてもいないのに体液を撒《ま》き散《ち》らした。

お互いの身体を汚し、濡《ぬ》らし、貪《むさぼ》り合《あ》う。

何度でも注ぎ込みたい。

この身体に、溢《あふ》れるほどの情熱を。

「千冬……」

抱き締めるだけで、気持ちを通じることができた日々は終わってしまった。身体《からだ》を繋《つな》げたところで、何一つとして変わらない。

最後には痛みが生まれるだけだと知っている。

それでも抱き合うことしかできないこの感情に、どうやって名付ければ、自分は救われるのだろう……？


佐々木は息を吐いて、向かい合わせに座《すわ》った吉野の胸にもたれかかる。

交合のせいでお互いの身体《からだ》はまだ汗《あせ》に濡《ぬ》れ、綻《ほころ》んだ部分から体液が溢《あふ》れ出《で》ていたが、気持ち悪くはなかった。まるでばらばらにされるかと思うほどの力強さで、何度も全身を征服されたけれど、ただ、怖《こわ》いくらいに吉野が愛《いと》しい。

愛情で傷つけられるほうがいい。憎悪で傷つけられるのは怖いけれど。

「——吉野さん……」

再び身体の奥が疼《うず》いてきて、佐々木は吉野の喉元《のどもと》に唇《くちびる》を押し当てる。

何度でも裁いてほしい。彼の正義と愛情で。

「好き……」

「俺もだよ、千冬」

応《こた》えてくれるこの人がいとおしい。

佐々木は吉野の頰《ほお》や顎《あご》、額にキスをしようと試みる。

これまでの三か月、離れて暮らしていたことが信じられないほどだった。

吉野の体温を感じると、これほどまでに自分は安心できる。

そんなか弱い自分に失望したせいで、吉野と離れたというのに。

その矛盾した事実。

けれども、彼がこうして自分の隣《となり》にいてくれることが嬉《うれ》しくてたまらない。

夢でもいい。偽《いつわ》りでもいい。目が覚めた瞬《しゅん》間《かん》に解ける、儚《はかな》い魔《ま》法《ほう》でかまわない。

ぬくもりの代価が、やり直せる可能性だったとしても、それでもよかった。

「だけど、明日も君に優しくできるかわからない……わからないんだ、千冬……」

錆《さ》びついて苦しげに掠《かす》れた彼の声に、佐々木は首を振った。

吉野の気持ちを、痛いほどに理解できてしまうからだ。

それほどまでに、自分は彼を傷つけ、そして苦しめてしまったのだ。

「……それでもいい」

強さが何かわからない。生きていくための力とはどんなものなのか、輪《りん》郭《かく》さえ知らない。

ただ——こうして抱き締められることで自分の心が救われるのなら、吉野もまた同じだと信じたかった。

傷つけてしまった痛みを、愛情で贖《あがな》えるのだと。

佐々木には、愛情を貫く意志の強さもない。

それでもなお他人を求めてしまう。癒《いや》されたいと願う。

立ち直るための力を分けてほしいと望む。

一人で生きていけるなんて、思い上がりも甚《はなは》だしい。こんなにも弱い自分を、好きになんてなれっこない。

けれども、己のその弱さと罪を認め、そしてそれでも生きていこうとすることが、強さなのだろうか。一人では生きていけぬことを思い知り、許されぬ罪を贖おうとあがくことが、本当の強さなのか……。

まだ、本物の強さを知らない佐々木には、何もわからないけれど。

でもいつかそれを手に入れることができたら、そして彼が自分を許してくれたなら、戸《と》惑《まど》うことなく吉野を抱き締めるだろう。

「それでも俺は、あんたを……愛してる」

キスをしようとしていた吉野は、その言葉に一瞬《いっしゅん》、躊躇《ためら》った様子を見せた。

その躊躇いこそが、二人のあいだに存在する距離であり、佐々木の罪の証《あかし》だった。

だけど、だからこそキスをさせてほしい。

この気持ちを、微《かす》かなくちづけに託《たく》して届けたい。
「愛してるんだ」
佐々木は吉野の唇《くちびる》に、そっと自分のそれを重ねた。
二人のあいだに明日なんて来なくてもいい。
この夜だけがあれば、それでかまわない。
今欲しいのは、彼とともに分かち合いたいのは、ささやかなものだ。
そう、残酷《ざんこく》で無慈悲《むじひ》なこの世界に。しるべなき道に。
どうか、たった一つの救いを。
大切な人を癒《いや》すための、癒されるための、ほんのわずかな愛を。

あとがき

こんにちは、和泉《いずみ》 桂《かつら》です。

二十世紀最後の単行本は、とうとう九巻目となった〝キス〟シリーズで締めることになりましたが、少しでも楽しんでいただけたでしょうか？

今回も吉野《よしの》と佐々木《ささき》にとっては、かなり辛《つら》い試練の巻となってしまいました。その反動なのか黒幕だからなのか、仁科《にしな》が妙に生き生きとしています。仁科の台詞《せりふ》を書くのが楽しくてならず、今回はだいぶ登場シーンが増えているような……。

それにしても、かなり久しぶりに吉野を書いたせいか、校正のときに彼の台詞を読み返していて、何度も悶絶《もんぜつ》しかけてしまいました。途中で読み続けることにいたたまれなくなって、椅子《いす》から立ち上がって部屋をうろうろとしてしまったり。

吉野の台詞って、もしかしてすごく恥ずかしくないですか⁉（気づくのが遅い……？）以前からそう指摘されてはいたのですが、実感したことはほとんどありませんでした。けれども、今回初めて「吉野って……」と思ってしまいました。担当《たんとう》の佐々木さんもその台詞《せりふ》については認めていらしたほどですし、今回の吉野はいつもよりも凄《すご》いのかもしれません（笑）。

近況報告といえば、この原稿を書き終えたあと、お友達と三人で、ロンドンとパリに行ってまいりました。

ロンドンは初めて、パリは二回目の訪問になります。

十日間という日程は二都市には短すぎましたが、それだけに充実した旅行となりました。

特に高級レストランに行っているわけではないのに、パリでの平均的な食事時間は一回につきなんと二時間。一日の睡眠時間と同じくらいの時間を食事に割《さ》いていたせいか、帰国したときはだいぶ太ってしまっておりました（笑）。

パリは好きな街なので、機会があったら何度でも行きたいです。こぢんまりとした、美《お》味《い》しいお店も見つけましたし。やはり食べ物が美味しいところは、何日いても飽きません。犬がたくさんいたというのも、ポイントの一つです。それから、大英博物館もかなりの駆け足で見てしまったので、もう一度訪れたいと思っています。

いただいたご感想のお手紙へのお返事ですが、もうどうしようもないことになってしまっています……。お待ちいただいているみなさま、本当に申し訳ありません。年内にお返事を書くのが目標だったのですが……。

気の長い方だけ、80円切手と宛名《あてな》シールを同封してお手紙をくださいませ。

また、オフィシャルサイトのURLはこちらです。

http：//home.att.ne.jp/gold/kat/

最後に、恒例のお礼コーナーです。

まずは、あれこれと悩みまくっては遅れるという和泉を温かく見守ってくださる、担当《たんとう》の佐々木様。そしてゲラをチェックしてくださる校閲部《こうえつぶ》のみなさま。いつもどうもありがとうございます。来年にはシリーズも十冊目となりますし、私もネオ和泉へと生まれ変わり、これ以上ご迷惑《めいわく》をかけないように少しでも頑張《がんば》りたいです。

今回も素敵《すてき》なイラストを描《か》いてくださった、あじみね朔生《さくふ》様。挿絵《さしえ》を描いていただくだけでなく、朔生さんの読後のご感想を伺うのが、もう一つの楽しみだったりします。読者様第一号となるので、そのぶんものすごく緊張もしますけれど。そのうちに、ゆっくり温泉にでも行きたいですね。さもなくば、南仏《なんふつ》あたりでも……(笑)。

そして、相変わらず一進一退を繰り返す吉野と佐々木の二人を応援してくださる、読者のみなさまにも、お礼の言葉を。「レピシエ」再開に向けて佐々木も努力していますので、どうか今しばらく応援をしてやってくださいませ。

二十一世紀（と書くと本当に先のことのようですが）までしばしのお別れですけれど、またお会いできますように。

和泉《いずみ》　桂《かつら》

和泉　桂先生の『キスのためらい』、いかがでしたか？
和泉　桂先生、イラストのあじみね朔生先生への、みなさんのお便りをお待ちしております。

和泉　桂先生へのファンレターのあて先
〒112-8001　東京都文京区音羽2-12-21　講談社　X文庫「和泉　桂先生」係
あじみね朔生先生へのファンレターのあて先
〒112-8001　東京都文京区音羽2-12-21　講談社　X文庫「あじみね朔生先生」係

【※本編を読んでから見てネ♡】

●商談●

けれども その前に
僕からの条件があります
どうぞ
いったい どういう 条件だ?
トモちゃんを 僕に下さい パパ
仁科の口元から 笑みが消えた——。
…
あるイミ あってるケドね…
パパ
そりゃ ちがうパパ

ホントはもっと
ちがうネタ
だったんですが、
誰も仁科の
ドジョーすくいとか
見たくないで
しょーしねー…。

トモちゃんの愛って…

とゆーコトで
こんにちわ。
あさみねと申します。
今回はもー
しょっぱなから
どーしよーかと思っちゃい
ましたが、一体全体
この先ふたりは
どーなっちゃうんでしょうか!?

次々と難題が振りかかる
ちーちゃんを見ては、
『渡る●●は鬼ばか●』を
思い浮かべ、思わず
キャスティングしたくなります。
(余り良く知ら
ないけど、これか
ら知って行く予定…)

今回の最後の方は
吉野がイイ感じでした。
この調子でちーちゃんを
つつみ込んで
あげて下さい!!
がんばれ~

N.D.C.913　308p　15cm

和泉 桂（いずみ・かつら）

12月24日生まれのやぎ座、A型。横浜在住。

ミステリーと日本酒をこよなく愛し、常にパソコンと生活を共にしているが、最近はプレイステーションに浮気中。増えていくソフトと攻略本に頭を痛めているところ。

尊敬する人は西園寺公望。作家は浅田次郎、京極夏彦、高村薫、森博嗣。

作品に『微熱のカタチ』『吐息のジレンマ』『束縛のルール』『恋愛クロニクル』、〝キス〟シリーズがある。

講談社X文庫

white heart

キスのためらい

和泉《いずみ》 桂《かつら》

●

2000年11月5日　第1刷発行

定価はカバーに表示してあります。

発行者——野間佐和子
発行所——株式会社 講談社
東京都文京区音羽2-12-21 〒112-8001
電話 編集部 03-5395-3507
販売部 03-5395-3626
製作部 03-5395-3615
本文印刷—豊国印刷株式会社
製本——株式会社千曲堂
カバー印刷—半七写真印刷工業株式会社
デザイン—山口 馨

ISBN4-06-255513-1　　（X庫）

講談社X文庫ホワイトハート

和泉　桂の本

イラスト●あじみね朔生

キスの予感

エリタージュで働く千冬のもとへフランス留学の話が持ち上がる。吉野と離れ離れになることへの不安と、自分の弱さに失望するなか、千冬は右手に怪我《けが》を負い――。

イラスト●あじみね朔生

吐息のジレンマ

バーテンダーの仕事を続けていた成見の前に、兄・英彰《ひであき》が現れた。肉親の愛に恵まれなかった成見は、初めてその温もりに接して…。自分を拾った仁科に所有されなくなった今、成見は次の飼《か》い主《ぬし》を求めていた。

講談社X文庫ホワイトハート・大好評恋愛&耽美小説シリーズ

熱・帯・夜 ミス・キャスト　伊郷ルウ
君は本当に、真木村が初めての男なのかな?　(絵・桜城やや)

灼熱の肌 ミス・キャスト　伊郷ルウ
こんな撮影、僕は聞いていません!　(絵・桜城やや)

キスが届かない　和泉　桂
料理って、セックスよりも官能的じゃない!?　(絵・あじみね朔生《さくお》)

キスの温度　和泉　桂
俺が一番、君を美味しく料理できるから…。　(絵・あじみね朔生)

キスさえ知らない　和泉　桂
シェフじゃない俺なんか、興味ないんだろ?　(絵・あじみね朔生)

キスをもう一度　和泉　桂
あんたならいいんだよ…傷つけられたって。　(絵・あじみね朔生)

不器用なキス　和泉　桂
飢えているのは、身体だけじゃないんだ。　(絵・あじみね朔生)

キスの予感　和泉　桂
レピシエ再開への道を見いだす千冬は…。　(絵・あじみね朔生)

キスの法則　和泉　桂
このキスがあれば、言葉なんて必要ない。　(絵・あじみね朔生)

キスの欠片　和泉　桂
雨宮を仁科に奪われた千冬は……。　(絵・あじみね朔生)

☆**キスのためらい**　和泉　桂
許せないのは、愛しているからだ。　(絵・あじみね朔生)

微熱のカタチ　和泉　桂
おまえの飼い主は、俺だけだ。　(絵・あじみね朔生)

吐息のジレンマ　和泉　桂
また俺を、しつけ直してくれる?　(絵・あじみね朔生)

束縛のルール　和泉　桂
虐《いじ》められるのだって、かまわない。　(絵・あじみね朔生)

恋愛クロニクル　和泉　桂
僕が勝ったら、あなたのものにしてください。　(絵・あじみね朔生)

職員室でナイショのロマンス 桜沢vs白萌シリーズ　井村仁美
誰もいない職員室で、秘密の関係が始まった。　(絵・緋色れーいち)

放課後の悩めるカンケイ 桜沢vs白萌シリーズ　井村仁美
敏明vs玲一郎…待望の学園ロマンス第2弾!!　(絵・緋色れーいち)

ベンチマークに恋をして アナリストの憂鬱　井村仁美
青年アナリストが翻弄される恋の動向は…?　(絵・如月弘鷹)

恋のリスクは犯せない アナリストの憂鬱　井村仁美
ほかのことなど、考えられなくしてやるよ。　(絵・如月弘鷹)

3時から恋をする　井村仁美
入行したての藤芝の苦難がここから始まる。　(絵・如月弘鷹)

☆……今月の新刊

講談社X文庫ホワイトハート・大好評恋愛&耽美小説シリーズ

5時10分から恋のレッスン　井村仁美
あいつにも、そんな声を聞かせるんだな⁉　（絵・如月弘鷹）

8時50分・愛の決戦　井村仁美
葵銀行と鳳銀行が突然、合併することに……！　（絵・如月弘鷹）

午前0時・愛の囁き　井村仁美
銀行員の苦悩を描く、トラブル・ロマンス!!　（絵・如月弘鷹）

迷彩迷夢《めいさいめいむ》　柏枝真郷
聖一との思い出の地、金沢で知った〝狂気〟⁉　（絵・ひろき真冬）

窓―WINDOW― 硝子の街にて1　柏枝真郷
友情か愛か。ノブとシドニーのNY事件簿!!　（絵・茶屋町勝呂）

雪―SNOW― 硝子の街にて2　柏枝真郷
ノブ&シドニーの純情NYシティ事件簿！　（絵・茶屋町勝呂）

虹―RAINBOW― 硝子の街にて3　柏枝真郷
ノブ&シドニーのNYシティ事件簿第3弾!!　（絵・茶屋町勝呂）

家―BURROW― 硝子の街にて4　柏枝真郷
幸福に見える家族に起こった事件とは…⁉　（絵・茶屋町勝呂）

朝―MORROW― 硝子の街にて5　柏枝真郷
その男は、なぜNYで事故に遭ったのか⁉　（絵・茶屋町勝呂）

空―HOLLOW― 硝子の街にて6　柏枝真郷
不法滞在の日本人が殺人事件の参考人となり…。（絵・茶屋町勝呂）

いのせんと・わーるど　かわいゆみこ
七年を経て再会した二人の先に待つものは⁉　（絵・石原　理）

この貧しき地上に　篠田真由美
この地上でも、君となら生きていける……。（絵・秋月杏子）

この貧しき地上にII　篠田真由美
ぼくたちの心臓はひとつのリズムを刻む！　（絵・秋月杏子）

この貧しき地上にIII　篠田真由美
至高の純愛神話、ここに完結！　（絵・秋月杏子）

ロマンスの震源地　新堂奈槻
炯《けい》はまわり中をよろめかす愛の震源地だ！　（絵・麻々原絵里依）

ロマンスの震源地2上　新堂奈槻
炯は元一《もとかず》と潤哉のどちらを選ぶのか……⁉　（絵・麻々原絵里依）

ロマンスの震源地2下　新堂奈槻
炯の気持ちは元一に傾きかけているが…。（絵・麻々原絵里依）

転校生　新堂奈槻
新しい学校で健太を待っていたのは――⁉　（絵・麻々原絵里依）

もっとずっとそばにいて　新堂奈槻
学園一の美少年を踏みにじるはずが……。（絵・麻々原絵里依）

☆**水色のプレリュード**　青海　圭
僕は飛鳥のために初めてラブソングを作った。（絵・二宮悦巳）

☆……今月の新刊

講談社X文庫ホワイトハート・大好評恋愛&耽美小説シリーズ

百万回のI LOVE YOU　青海　圭
コンプから飛鳥へのプロポーズの言葉とは?　（絵・二宮悦巳）

16Beatで抱きしめて　青海　圭
2年目のG・ケルプに新たなメンバーが……。　（絵・二宮悦巳）

背徳のオイディプス　仙道はるか
なんて罪深い愛なのか!　俺たちの愛は……。　（絵・沢路きえ）

晴れた日には天使も空を飛ぶ　仙道はるか
解散から二年、仕事で再会した若葉と勇気は!?　（絵・沢路きえ）

いつか喜びの城へ　仙道はるか
大人気!　芸能界シリーズ第3弾!!　（絵・沢路きえ）

僕らはオーパーツの夢を見る　仙道はるか
俺たちの関係って〝場違いな恋〟だよな…!?　（絵・沢路きえ）

月光の夜想曲《ノクターン》　仙道はるか
再び映画共演が決まった若葉と勇気だが……。　（絵・沢路きえ）

高雅にして感傷的なワルツ　仙道はるか
あんたと俺は、住む世界が違うんだよ。　（絵・沢路きえ）

星ノ記憶　仙道はるか
北海道を舞台に…芸能界シリーズ急展開!!　（絵・沢路きえ）

琥珀色の迷宮《ラビリンス》　仙道はるか
陸と空、二つの恋路に新たな試練が!?　（絵・沢路きえ）

シークレット・ダンジョン　仙道はるか
先生……なんで抵抗しないんですか?　（絵・沢路きえ）

ネメシスの微笑　仙道はるか
甲斐の前に現れた婚約者に戸惑う空は……。　（絵・沢路きえ）

天翔る鳥のように　仙道はるか
——姉さん、俺にこの人をくれよ。　（絵・沢路きえ）

愚者に捧げる無言歌《ロマンス》　仙道はるか
——俺たちの『永遠』を信じていきたい。　（絵・沢路きえ）

ルナティック・コンチェルト　仙道はるか
大切なのは、いつもおまえだけなんだ!　（絵・沢路きえ）

ツイン・シグナル　仙道はるか
双子の兄弟が織り成す切ない恋の駆け引き!　（絵・沢路きえ）

ファインダーごしのパラドクス　仙道はるか
俺の本気は、きっと国塚さんより怖いよ。　（絵・沢路きえ）

魔物な僕ら　聖月ノ宮学園秘話　空野さかな
魔性の秘密を抱える少年達の、愛と性。　（絵・星崎　龍）

学園エトランゼ　聖月ノ宮学園秘話　空野さかな
孤独な宇宙人が恋したのは、過去のない少年!?　（絵・星崎　龍）

少年お伽草子　聖月ノ宮学園秘話　空野さかな
聖月ノ宮学園ジャパネスク!　中編小説集!!　（絵・星崎　龍）

☆……今月の新刊

講談社Ｘ文庫ホワイトハート・大好評恋愛＆耽美小説シリーズ

月夜の珈琲館

夢の後ろ姿 成田空子
医局を舞台に男たちの熱いドラマが始まる!!
（絵・こうじま奈月）

浮気な僕等 成田空子
青木の病院に人気モデルが入院してきて…!!
（絵・こうじま奈月）

おいしい水 成田空子
志乃崎は織田を〈楽園〉に連れていった。
（絵・こうじま奈月）

記憶の数 成田空子
病院シリーズ番外編を含む傑作短編集!!
（絵・こうじま奈月）

危険な恋人 成田空子
N大附属病院で不審な事件が起こり始めて…。
（絵・こうじま奈月）

眠れぬ夜のために 成田空子
恭介と青木、二人のあいだに立つ志乃崎が…。
（絵・こうじま奈月）

恋のハレルヤ 成田空子
愛したくて、愛したんじゃない……。
（絵・こうじま奈月）

黄金の日々 成田空子
俺たちは何度でもめぐり会うんだ……。
（絵・こうじま奈月）

無敵なぼくら 成田空子
優等生の露木に振り回される渉は…。
（絵・こうじま奈月）

狼だって怖くない 無敵なぼくら 成田空子
俺はまたしてもあいつの罠にはまり――。
（絵・こうじま奈月）

勝負はこれから！ 無敵なぼくら 成田空子
大好評『無敵なぼくら』シリーズ第3弾！
ついに渉を挟んだバトルが始まった!!
（絵・こうじま奈月）

最強な奴ら 無敵なぼくら 成田空子
（絵・こうじま奈月）

マリア ブランデンブルクの真珠 榛名しおり
第3回ホワイトハート大賞〈恋愛小説部門〉佳作受賞作！
（絵・池上明子）

王女リーズ テューダー朝の青い瞳 榛名しおり
恋が少女を、大英帝国エリザベス一世にした。
（絵・池上沙京）

ブロア物語 榛名しおり
黄金の海の守護天使
（絵・池上沙京）

テュロスの聖母 アレクサンドロス伝奇[1] 榛名しおり
戦う騎士、愛に生きる淑女。中世の青春が熱い。
（絵・池上沙京）

ミエザの深き眠り アレクサンドロス伝奇[2] 榛名しおり
紀元前の地中海に、壮大なドラマが帆をあげる。
（絵・池上沙京）

碧きエーゲの恩寵 アレクサンドロス伝奇[3] 榛名しおり
辺境マケドニアの王子アレクス、聖母に出会う！
（絵・池上沙京）

光と影のトラキア アレクサンドロス伝奇[4] 榛名しおり
突然の別離が狂わすサラとハミルの運命は!?
アレクス、ハミルと出会う・戦乱の予感。
（絵・池上沙京）

煌めくヘルメスの下に アレクサンドロス伝奇[5] 榛名しおり
逆らえない運命……星の定めのままに。
（絵・池上沙京）

☆……今月の新刊

第9回ホワイトハート大賞募集中！

賞

◉大賞：賞状ならびに副賞100万円
およびび、応募原稿出版の際の印税

◉佳作：賞状ならびに副賞50万円

（賞金は税込みです）

選考委員

川又千秋先生

ひかわ玲子先生

夢枕　獏先生

（アイウエオ順）

〈応募の方法〉

●資格　プロ・アマを問いません。
●内容　ホワイトハートの読者を対象とした小説で、未発表のもの。
●枚数　400字詰め原稿用紙 250枚以上、300枚以内。たて書き。
ワープロ原稿は無地用紙に20字×20行でプリントアウトのこと。
●締め切り　2001年5月31日（当日消印有効）。
●発表　2001年12月26日発売予定のX文庫ホワイトハート1月新刊全冊ほか。
●あて先　〒112-8001　東京都文京区音羽2－12－21　講談社
X文庫出版部　ホワイトハート大賞係
●原稿は、かならず通しナンバーを入れ、右上でとじてください。また、本文とは別に、原稿の１枚めにタイトル・住所・氏名・ペンネーム・年齢・職業（在校名、筆歴など）・電話番号を明記し、２枚め以降に、あらすじ（原稿用紙3枚以内）をつけてください。

●応募作品の返却、選考についての問い合わせには、応じられません。
●入選作の出版権・映像化権、その他いっさいの権利は、小社が優先権を持ちます。